dtv

Ein Mann fährt in das oberschwäbische Dorf seiner Kindheit, weil seine Mutter im Sterben liegt. Für ihn wird es eine Erinnerungsreise in die beklemmende Enge seiner Kindheit, die geprägt war von einem strengen Katholizismus, dem abwesenden Vater und einer ländlichen Welt, in der jeder über jeden alles zu wissen schien. Sein Verhältnis zur Mutter, die ihren Sohn an sich zu ketten versucht, ist ambivalent: Hinter seiner fast manischen Abwehr steht eine intensive Nähe. Der nun bevorstehende endgültige Abschied ist die letzte Gelegenheit, sich aus den Fesseln zu befreien.
Sprachmächtig und höchst sensibel registriert Karl-Heinz Ott die feinsten Gefühlsregungen dieser belasteten Beziehung: »›Ins Offene‹ ist ein Reisebericht ins Enge. Doch diese Enge hat eine solch erstaunliche Sogkraft, dass sie den Leser von den ersten Zeilen an nicht mehr loslässt.« (Manfred Eichel in der ›Woche‹)

Karl-Heinz Ott wurde 1957 in Ehingen bei Ulm geboren. Er studierte Philosophie, Germanistik und Musikwissenschaft. Anschließend arbeitete er als Dramaturg in Freiburg, Basel und Zürich. Für seinen Debütroman ›Ins Offene‹ erhielt er den Förderpreis des Hölderlin-Preises und den Thaddäus-Troll-Preis. Die nachfolgenden Romane ›Endlich Stille‹ und ›Ob wir wollen oder nicht‹ wurden ebenfalls mit mehreren Literaturpreisen ausgezeichnet. Zuletzt erschien sein kulturgeschichtlicher Essay ›Tumult und Grazie. Über Georg Friedrich Händel‹.

Karl-Heinz Ott

Ins Offene

Roman

Deutscher Taschenbuch Verlag

Von Karl-Heinz Ott
ist im Deutschen Taschenbuch Verlag erschienen:
Endlich Stille (13551)

April 2010
Deutscher Taschenbuch Verlag GmbH & Co. KG,
München

Erstveröffentlichung 1998 im Residenz Verlag, Salzburg und Wien
Umschlagkonzept: Balk & Brumshagen
Umschlagfoto: plainpicture/Arcangel
Druck und Bindung: Druckerei C. H. Beck, Nördlingen
Gedruckt auf säurefreiem, chlorfrei gebleichtem Papier
Printed in Germany · ISBN 978-3-423-13868-0

Ins Offene

Tod ward verhängt,
die Erde zu entlasten.

Euripides

Heute, im ersten österlichen Frühlingslicht, fahre ich über jenes hügelige Land, in dem ich groß geworden bin. Vor zwei Tagen sagte mir ein Assistenzarzt nachts am Telefon, meine Mutter habe nur noch wenige Wochen zu leben. Er setze voraus, ich sei, ohne daß er mich kenne, ein vernünftiger Mensch, der ein klares Wort vertrage. Er hatte eine Pflicht hinter sich zu bringen, die ihn unwirsch machte.

Nach dem Anruf habe ich, ziellos trinkend, die Stunden bis zur Erschöpfung damit zugebracht, eine Liebe zu zerstören. Das Unfaßbare, das mich von außen angreift, habe ich in einen selbst herbeigeführten Schrecken verwandelt, dessen Herr ich schien. Jetzt übertüncht jener Bruch, den ich von mir aus zuwege gebracht habe, das dumpf schreiende, tobsüchtige Gefühl, das mich wie noch nie zum Opfer eines Schicksals bestimmt, das ich weder wählen noch beeinflussen kann. Doch vordergründig verzweifle ich nicht an der Gnadenlosigkeit der Natur, die meine Mutter für immer zerstört, sondern an mir selbst, an meiner Unbeherrschtheit.

Ausgelaugt, mit zitternden Gedanken, durchfahre ich all die Dörfer, die ich, solange Mutter herrisch meine Besuche einklagte, so gut es ging, gemieden habe. Als ich das letzte Mal auf dem Weg nach Hause war, um sie wie jedes Jahr über die Weihnachtstage zu besuchen, ekelte mich dieser diesige Landstrich an, dessen graue Ödnis von keinem Schnee barmherzig bedeckt war und der sich endlos hinzuziehen schien. Ich nahm ihn wie ein eigenartig bekanntes Ausland wahr, wie eine bedrückende Weltgegend, die schemenhaft aus trüben Träumen wieder ins Gedächtnis drang.

In diesen hellen Märztagen verwandelt sich das Land in einen lichten Garten, der, wenigstens auf den zweiten Blick, dem Auge eine milde Schönheit gewährt. Doch die Ortschaften scheinen wie immer unbewohnbar. Einem langen Leben in der teigigen Trägheit dieser Winkel und Weiler wäre, denke ich jedesmal, der kurze Schmerz des Selbstmords vorzuziehen.

Mutter büßt ihr Leben dort, wo es angefangen hat, ab. Als sie zum zweiten Mal schwanger war, dachte sie wohl daran, sich umzubringen. Doch die Drohungen der Kirche, außerhalb des Friedhofs verscharrt, auf ewig verdammt und den Hinterbliebenen als ein Haufen Schande erhalten zu bleiben, hielten sie vom letzten Schritt zurück. Schuld versammelte sich bereits genug in ihrer Seele. Ihr erstes Kind trieb eine Hebamme mit Stricknadeln auf dem Dachboden ab. Die Todsünde war zwei Tage nach der Tat im ganzen Dorf bekannt. Das zweite Kind hat sie gegen den Willen des tobenden Vaters unehelich zur Welt gebracht. Er verließ mit seiner Frau und seinen beiden ehelichen Söhnen unsere Ortschaft. Oma besuchte Mutter nicht einmal am Wochenbett. Nur Onkel Karl, der dreifingerige Zimmermann, kam nach der Entbindung ins Krankenhaus. Von ihm hatte eine solche Geste keiner erwartet.

Jetzt verabschiedet sich Mutter aus den Kampfhandlungen, die unser Leben, das wir gegeneinander führen, bestimmen. Manchmal empfinde ich ihr bloßes Dasein als Zumutung und sehne mich, wenn die eingeschnürte Seele unter ihrer Macht kaum atmen zu können glaubt, nach ihrem Tod. Während der letzten Weihnachtstage lag ich krank zu Hause und wehrte jeden ihrer Versuche, mich anzufassen, ab. Obwohl ich mich insgeheim für meine Abwehr bestrafe, befiehlt mir eine innere Stimme, an den verkrampften Zurückweisungen zäh festzuhalten.

Gelassen haben wir, falls je, seit langem nicht mehr miteinander geredet. Der Wechsel von Schweigen und Schreien, Verstummen und Wüten offenbart unsere mißlingende Distanz. Seit der Schulzeit flüchte ich in die Stille der Bücher, verstopfe mir vor ihr die Ohren und überschreie sie mit wüsten Worten, wenn die Wut keinen anderen Ausweg mehr kennt. Dann triumphieren ihre wässerigen Augen, und inmitten des Wimmerns gluckst sie verzückt. Ihr zitternder Leib weiß sich wahrgenommen, der Stillstand kippt, für sie pervers beglückend, ins Drama um.

Wenn ich ihr, selten genug, nach ein paar Gläsern Wein zuviel erzähle, bereue ich das Gerede am nächsten Morgen. Selbstverschuldet habe ich mich in ihre Krallen gestürzt und ihr durch eigenes Zutun erlaubt, in meine belanglosen Geheimnisse einzudringen. Dann schwöre ich mir für alle Zukunft, noch entschiedener als bisher zu schweigen, weil ich fürchte, daß alles, was sie über mich weiß, nicht mehr mir gehört.

Manchmal erwägt eine andere innere Stimme, nicht mit Geschichten zu geizen und sie unbekümmert mit Worten zu überschütten, um ihre Neugier in überfließenden Redeströmen zu ertränken. Dadurch würde sie sich von meinem Leben nicht mehr ausgeschlossen fühlen und dennoch nichts Bedeutsames erfahren. Im Rauschen ungebremster Worte dürfte sie sich an dem Gefühl erwärmen, an meiner Wirklichkeit teilzuhaben. Doch wenn ich beim Trinken ins Reden gerate, starrt sie stumpf durch mich hindurch, an mir vorbei, in leere Weiten. Sie hört nicht zu und schweift inmitten angefangener Sätze ab und stellt stets neue Fragen, die selten miteinander zusammenhängen. Es ist gleichgültig, was ich erzähle, weil sie nichts Bestimmtes wissen will, sondern nur danach giert, daß Kontakt hergestellt wird. Die aufgepeitschte Wortfuchtelei hat den Sinn, eine brodelnde Stille zu übertönen, die zwischen uns steht.

Von jetzt an soll alles sich ändern. Das Telefongespräch mit dem Assistenzarzt muß als Auftakt zu einer neuen Zeitzählung gelten und angesichts ihres endgültigen Endes ein milderes Leben einkehren, das die ständigen Kämpfe und Krämpfe vergessen läßt. Das Bisherige darf nach ihrem Tod nicht meine gesamte Erinnerung überschatten. Gleichzeitig will das Kind in mir an die Diagnose der Ärzte nicht glauben. Eine Stimme, die gegen den Verstand anrennt, behauptet, die Prognose der Doktoren beruhe auf Mißverständnissen und fahrlässig ausgewerteten Daten. Ich male mir aus, daß sie im Auftrag eines wohlmeinenden Schicksals handelten, ohne von ihrer moralischen Mission zu wissen, daß sie von fremden Mächten beauftragt wären, mich in allerbestem Glauben falsch zu informieren, um mir die Augen zu öffnen und mich zu zwingen, mein Verhalten Mutter gegenüber von Grund auf zu überdenken.

Seit langem kam mir die Situation von vor zwölf Jahren nicht mehr in den Sinn, als Mutter wegen eines Herzinfarkts in derselben Klinik lag. Damals faßten wir für alle Zukunft die besten Vorsätze, jeder für sich und beide gemeinsam, und kein einziger wurde, nachdem Mutter sich wieder als geheilt ansah, in die Tat umgesetzt. Wir wollten friedfertiger und freundlicher, gelassener und großzügiger miteinander umgehen und uns ständig den Tod als jene Grenze vor Augen halten, in deren Angesicht es sich nicht lohnt, einander zu quälen.

Als ich ein Jahr danach von der Schule abgehen und nach Amsterdam ziehen wollte, saß sie nächtelang kreischend, dem Irrsinn nahe, mit entstellten Gesichtszügen in ihrem Bett, bis ich ihr versprach, sie nie zu verlassen. Ich blieb zu Hause, weil ich mir ihre Einlieferung in eine Nervenanstalt nicht als bleibende Schuld aufladen und meinen Abschied nicht mit dieser Bürde belasten wollte. Seither weiß ich, daß Mutter mit einem zum Wahn neigenden Willen bereit ist, sich gegen bedrohliche Ansprüche ihres Kindes mit allen Mitteln zur Wehr zu setzen. Außerdem lebte Oma noch, die nichts von alledem begriffen hätte und nach meinem Verschwinden trübsinnig in sich zusammengesunken wäre.

Gelassenheit war nie ihre Stärke. Als wir wegen meiner Atemnot zum ersten Mal nach Zürich zu einem Asthmaspezialisten fuhren, war sie, wie bis dahin noch nie, ohne den Schutz eines Reiseleiters, eines Pfarrers und einer Schar von Pilgern, einzig auf sich selbst und die Gutmütigkeit fremder Leute angewiesen. Bei der Ankunft mit dem Bus in unserer Kreisstadt war das Bahnhofsgelände weiträumig abgesperrt und von Polizeikohorten bewacht. Königin Elizabeth machte einen Staatsbesuch, ihr Sonderzug blockierte den gesamten Gleisverkehr. Von Menschenmassen umringt, mußten wir hinter eigens errichteten Schranken warten, obwohl unser Zug längst abgefahren sein sollte. Einige Leute behaupteten, der Oberbürgermeister halte eine Rede, und vom Gesang der Stadtspatzen wehten Melodiefetzen zu uns herüber. Zum ersten Mal waren wir bei einem Ereignis zugegen, das am nächsten Tag die vorderen Zeitungsseiten füllen sollte. Doch Mutter schwebte nicht in erhabenen Gefühlen und legte wenig Wert darauf, an einem bedeutenden Geschehen teilzunehmen. Ihre Nerven glühten, und sie sah uns bereits verloren auf nächtlichen Straßen in irgendeiner fremden Stadt herumlungern.

Selbst als wir im Zug saßen, beruhigte sie sich nicht, weil die Ankunft bis zum Beweis des Gegenteils als ungewiß gelten mußte. Auch die Schiffahrt über den Bodensee hellte ihre Stimmung nicht auf, obwohl zur Freude der Reisenden eine Schar von Möwen vom Auslaufen bis zur Ankunft die Fähre umkreiste.

Noch am nächsten Morgen hatte sich ihr Seelenfieber nicht gelegt. Als wir in der Praxis des Doktor Höchli saßen und eine Arzthelferin meine Anamnese aufnehmen wollte, sah sie sich nicht in der Lage, ihre Formulare mit verwertbaren Angaben auszufüllen. Manisch blätterten wir in ausliegenden Zeitschriften, als müßten Hände und Augen sich an Dingen festkrallen, die uns vor den fremden Leuten schützen. Wir wußten nicht, wie man sich im Ausland bewegen, sich ausdrücken und unbekannten Menschen gegenübersitzen soll. Draußen in der Welt fehlten uns alle Anhaltspunkte. Nach einer halben Stunde schickte uns die Praxisgehilfin ungehalten weg und verlegte den Termin auf den Nachmittag. Ruhig und ausgeruht, befahl sie, sollten wir wiederkommen. Aus Angst, jetzt erst recht alles falsch zu machen, verstummten wir bei der Rückkehr vollkommen. Dem Einschreiten des Doktor Höchli ist es zu verdanken, daß die Behandlung dennoch zustande kam. Er veranlaßte Mutter, in ein benachbartes Café zu gehen, und nahm mich allein in sein Sprechzimmer mit.

Damals lebte Oma noch, die sich jeden Morgen im Stehen über den Stubentisch beugte, um, wie sie sagte, die Zeitung zu studieren. Während ihr Kopf sich kreisend über den ausgebreiteten Blättern bewegte, zischelte sie Unverständliches und beendete ihre Lektüre täglich mit dem

Seufzer: »Was es in der Welt nicht alles gibt! Am besten bleibt man daheim!«

Außer auf Wallfahrten, die meistens im Herbst stattfanden, wenn die Gärten abgeräumt waren, sah sie nichts von der Welt. Man traf sich noch fast in der Nacht, drei Dutzend ältere Weiber und der Mesner und Pfarrer, auf dem Kirchplatz, und hatte ein Vesper und eine Thermoskanne, ein Gesangbuch und einen Rosenkranz in der Tasche, um singend und betend nach Einsiedeln oder Wigratzbad oder Nesselwang oder Konnersreuth oder Ettal oder Mariazell oder zur Schwarzen Madonna nach Altötting zu pilgern. Der Bus schlängelte sich durch Morgennebel über hügelige Wiesenlandschaften hinaus in bergige Gegenden, den Alpen zu, während drinnen Marienlieder angestimmt und nacheinander der schmerzensreiche und freudenreiche und glorreiche Rosenkranz und dazwischen, gleichsam zur Abwechslung, die lauretanische und die Allerseelen-Litanei im antiphonischen Hin und Her zwischen den Sitzreihen geleiert wurde, bis der anfangs noch rauhe, hüstelnde, allmählich gellend sich steigernde Singsang zunehmend wieder müder klang und schließlich nach ein paar Stunden in einen Zustand schläfriger Trance überging. Irgendwann ordnete der Pfarrer einen Halt an, um an einem Gnadenort eine Brotzeit einzulegen und anschließend zwischen Kirchenbänken wieder mit frischer Kraft ein paar *Vaterunser* und *Gegrüßet seist du Maria* zu beten. Dann nahm man im Bus wieder die Plätze ein, um auf der weiteren Fahrt den bereits hundertmal erzählten, schauerlich schönen Heiligenlegenden und Mirakelgeschichten des Pfarrers zuzuhören, die durch die eifrigen, mit Varianten und Ausschmückungen angereicherten Wiederholungen immer wahrscheinlicher klangen, wahrhaftiger wurden, sich in die Seelen einfraßen und allmählich mit dem In- und Auswendigkönnen zum innersten Bestand der düsterhellen Heilsgewißheiten gehörten. Die Geschichten von den Marienerscheinungen in Lourdes und Fatima und La Salette, von Blut weinenden Madonnenstatuen, von plötzlichen Gesundungen an Gnadenquellen, von Frauen, an deren Händen sich allmonatlich Jesu Wunden zeigen, von Hostien, die im Raum schweben, und von verschüttetem Meßwein, in dem sich das Antlitz Christi offenbart, konnte man sich mit jedem Wiederaufsagen noch bildhafter als beim vorigen Mal vorstellen und die Seele zunehmend von der Wirklichkeit des Unbegreiflichen überzeugen. Wenn die Wundergeschichten zu Ende erzählt und eine weitere Runde gebetet worden war, predigte der Pfarrer vom Teufel und gemahnte an die prophetischen Worte der Mutterkönigin, die bei ihrer letzten Erscheinung den Hirtenkindern in Fatima den Dritten Weltkrieg vorausgesagt hatte. Dann wurde der heilige Georg angerufen, um den Drachen zu töten, und ein Sturmgebet zum Himmel gesandt: *Heilig Blut! Heilig Blut! Schütze unser Glaubensgut*, bevor die Pilger, vor der Ankunft am gebenedeiten Ort, ein mildes Lied anstimmten, das dic Gottesmutter und ihre versöhnlichen Werke pries: *Die Glocken verkünden mit fröhlichem Laut das Ave Maria so lieb und so traut.*

Während der Gebete und Gesänge starrten die Wallfahrer durch die Busfenster auf Wiesen, Wälder und Felder, Feldkreuze, Bildstöcke und Zwiebeltürme, die denen zu Hause glichen. Am Pilgerort knieten sie vor Gnadenbildern und sternenumkränzten Muttergotteshäuptern und Heiligengesichtern, die man in geringer Abwandlung auch in den heimischen Kapellen anflehen konnte. Nach einem Vesper in einem der Pilgergasthöfe fuhr man müde, aber zufrieden, matt, aber seelisch beglückt, als habe man die Strapazen eines kleinen Kreuzzugs hinter sich, nach

Hause zurück und sang das *Heilig, heilig, heilig* und das *Gegrüßet seist Du, Königin* und stimmte zum Schluß, kurz vor der Heimkunft, wie immer das *Großer Gott, wir loben Dich* an.

Denen, die nicht mitkommen konnten, brachte man geweihte Rosenkränze, geschnitzte Marienfiguren, Andachtsbilder, Amulette, Medaillen, Weihwasserflaschen, Blutkorporalien, Wachsstöcke, Wetterkerzen, Sterbekreuze und silbrig schimmernde Votivbilder mit: Sebastianspfeile, Johanniszungen, Bäuche, Brüste, Beine, Augen und andere ausgedellte Darstellungen von Körperteilen, mit deren Hilfe man die Wassersucht und Gicht und allerlei andere Leiden kuriert.

Vor drei Wochen lief Mutters Haut dreckiggelb an. Dem Gallenausfluß war mit Medikamenten nicht beizukommen. Durch die Operation wurde eine vorläufige, spekulative Diagnose zur Gewißheit, der zufolge das Gallenleiden nur eine Folge und nicht die Quelle der Krankheit ist. Längst wuchert hinter dem gelbflüssigen Schleimhautsack in der Bauchspeicheldrüse der Krebs. Am Telefon erklärte mir der Arzt, Mutters Leib werde in absehbarer Zeit keine Verdauungssäfte mehr herstellen, die aufgenommene Nahrung nicht mehr spalten und auf diesem Wege sich selbst zerstören. Ich konnte das geklonte Graeco-Latein des Fachmanns nur zur Hälfte verstehen und wollte auch gar nicht wissen, wie der Zerfall sich im einzelnen vollzieht. Mir fiel wieder einmal auf, wie sehr die medizinische Terminologie den todbringenden Lebensverlauf in kühle Formeln einzufangen und jeden Anflug von Affekten auszuklammern weiß. Als ich mit dem Arzt sprach, war ich bereits betrunken und versuchte, den zunehmenden Zungenschlag zu verbergen.

Jahrelang kam mir das hoch über der Stadt gelegene Krankenhaus, in dem Mutter gegen Ende meiner Schulzeit wegen des Herzinfarkts lag, nicht mehr in den Sinn. Auf dem Weg in die Klinik konturiert sich ihr damaliges Krankenzimmer vor dem inneren Auge, und die einzelnen, durch Glaskorridore verbundenen Gebäude stehen wieder vor mir. In seiner Abgeschiedenheit gleicht das Gelände einem erhabenen Tempelbezirk, der vor der geschäftigen Welt geschützt und außerhalb des alltäglichen Tumults angesiedelt ist. Die Zufahrtsstraße endet vor einem gußeisernen Doppeltor, durch dessen Rundbogen ein Kiesweg an kahlen Neubauten und durchsichtigen Fluren vorbei zum alten Hauptgebäude führt, einem klassizistischen Bau aus rotem Sandstein, der inmitten der nüchternen Seitentrakte wie ein Prunkdenkmal aus herrschaftlichen Zeiten aussieht. Vor dem Portal markiert ein mit Ketten abgeschirmtes Oval den Landeplatz für die Rettungshubschrauber, der an Wochenenden meist von Kindern umringt ist, die auf die Ankunft eines Notfalls warten. Vom zerfallenden Umfassungsgemäuer aus blickt man auf die Stadt hinab, auf die weit entfernt wirkenden Häuser, die Straßenschluchten, die im Sonnenlicht silbern glänzende Schnürbodenkuppel des Theaters, den hellgrau schimmernden Fluß, der die Stadt in zwei Hälften bricht, den rostbraun aufragenden Münsterturm, der seit Jahren von Gerüsten umklammert ist, und auf das weithin flach auslaufende Land, das sich am Horizont in diesigem Licht auflöst. Wie durch einen Filter gedämmt hört man von unten herauf das Aufheulen, Hupen und Quietschen der Autos, Motorräder und Straßenbahnen. Das wogende Gesurre gilt dort oben als Zeichen eines umtriebigen Lebens. Nur die alles übertönenden Martinshörner erinnern daran, daß die gewaltsame Unterbrechung und der Tod zum Innersten dieser regsamen Welt gehören.

Das ruinöse Gemäuer bildet den Rand einer abgespaltenen, geschlossenen Welt, die anderen Rhythmen folgt, in der andere Gerüche herrschen und ein anderes Zeitempfinden den Gang der Stunden prägt. Im Park reden die Kranken und ihre Besucher flüsternd miteinander, als sei jedes laute Wort der Genesung abträglich, und auf den Fluren dämpfen Teppichböden den Aufschlag der Schuhe. Dort oben wirken auch jene verunsichert, denen man ansieht, daß sie es gewohnt sind, stets recht zu haben. Hinter dem Hauptgebäude führt ein von Zypressen gesäumter Weg zum alten Bergfriedhof hinauf, der wie ein Mahnzeichen all denjenigen den Blick in die Weite versperrt, die auf der sonnenabgewandten Seite der Klinik die Betten belegen. In diesem verwilderten Friedhofsgarten wird, von erlesenen Toten abgesehen, seit langem keiner mehr beerdigt. Er dient Spaziergängern und Genesenden als schattiger Ort.

In schlaflosen Stunden nehme ich seit Jahren Mutters Sterben vorweg. In nächtlichen Wachträumen kommt mir ihr endgültiges Wegsein wie eine horizontlose Ödnis und unheilbare Wunde vor, die alles Leben umfassen und den Rest meines Daseins zu einem bloßen Dahinvegetieren entwerten wird, das nur noch aus Warten auf den eigenen Niedergang bestehen kann.

Wenn ich bei Mutter zu Hause übernachte, male ich mir vor dem Einschlafen manchmal aus, wie es sich anfühlen könnte, wenn das Bett im Zimmer nebenan für immer leer sein wird. Das verworrene Gefühl, ohne sie sei keine Zukunft möglich, überlagert dann alle anderen Empfindungen. Der Nachthimmel offenbart in solchen Augenblicken nicht wie sonst eine bergende Weite, sondern einzig den Schlund, der uns alle vernichtet. Jene Lücke, die Mutters Tod hinterlassen wird, weitet sich in meinen Phantasien aus zu einer Leere, die keinerlei Orientierung mehr gewährt. Ein Mittelpunkt, von dem alle Kraft ausgeht und auf den alle Regungen sich beziehen, scheint aus jener verbleibenden Wirklichkeit verschwunden, die sich von Grund auf als todeskrank, als erbärmliche Anhäufung beschwerlicher Nichtigkeiten erweisen und allenfalls mit Trotz zu ertragen, aber in keinen Sinn umzudeuten sein wird. Die Welt wird zwar weiterhin ihren Gang gehen, und das, was in den Augen der Lebenden ansteht, wie bislang seinen Lauf nehmen, und die hilflos Aufgekratzten, die sich für Lebensmeister halten, werden weiterhin den schalen Leidensraum der Welt mit ihrem Lärmen übertönen, doch demjenigen, der die Mutter verloren hat, wird sich die Umtriebigkeit als schriller Tumult und blindes Ineinander mechanischer Gesten darbieten.

Die Hoffnung auf Erlösung von Mutters Umklammerungen kommt in solchen Nachtstunden nicht zu Wort, und der Gedanke, ihr Tod könnte mich von ihrer Zudringlichkeit und ihren Schuldzuweisungen befreien, will nicht mehr gelingen. Meine herrische Abgrenzung kommt mir dann selbstzerstörerisch und wahnwitzig vor, und ich fürchte, für die Narretei, von ihr unabhängig sein zu wollen, einst büßen zu müssen. Mutter ahnt nicht, wie ernst ich ihr Orakel nehme, einst an ihrem Grab an meinen Schuldgefühlen einzugehen.

Im Morgenlicht verfliegen die düsteren Nachtgesichte, und die Widerspenstigkeit gegen Mutters Übermacht kehrt wieder. Der sich ernüchternde Geist verwirft die trüben Phantasien, obwohl er nicht vergißt, daß jene Ängste, die im Finstern gegen die beschwichtigende Vernunft aufbegehren, eine unbezähmbare Sprache reden. In ihr kommt ein wimmerndes Kind zu Wort, das brüllt, wenn Mutter die Tür hinter sich schließt. Es möchte sie dafür tödlich bestrafen und sie gleichzeitig für immer in seiner Nähe behalten.

Die Straße schlängelt sich durch Dutzende von Dörfern, die sich alle ähneln und desto grauer aussehen, je mehr Neubauten sie anhäufen. Die Gassen wirken wie ausgestorben, als verschanzten die Leute sich in ihren Stuben, obwohl heute ein wärmendes Licht das Land erhellt. Die Bäume sind noch kahl, doch in den Gärten leuchten zwischen nackten Beeten bereits die gelb glühenden Forsythien.

Früher spazierten wir jeden Sonntag hinaus zu unserem Gottesacker, der vor dem Dorf inmitten von Äckern und Feldern liegt. Bei allen Erwachsenen, die uns entgegenkamen, blieben Mutter und Oma stehen, um über das Wetter, die Kinder und die Krankheiten zu reden. Auf dem Friedhof schritten wir nach einer ehernen Ordnung die Gräber der toten Verwandten und Bekannten ab, die ich, bis auf Onkel Max und Tante Lena und einen Buben, der ein Jahr älter war als ich, nicht gekannt hatte. Doch die Geburts- und Sterbedaten der Toten konnte ich auswendig aufsagen und wußte, wo der Schulzen- und Deißenbauer, der Vater vom Flaschner und vom Sattler gewohnt hatten. Vor jedem Grabstein murmelten wir ein Gebet, und Oma sagte manchmal beim Weggehen: »Seit der hier draußen liegt, ist viel Wasser die Donau hinabgeflossen.« Wir schlurften durch den Kies zur nächsten Ruhestätte und lasen die immerselben Vornamen, Hans, Franz, Josef, Agnes, Maria, Frieda, und die Zeit wollte an diesen Sonntagnachmittagen nicht vorwärtsgehen. Mutter und Oma fühlten sich auf dem Gottesacker wohl, als dürften sie inmitten der Gräber eine Ruhe finden, die ihnen an den Werktagen nie vergönnt war.

Ich konnte es kaum erwarten, bis wir bei Onkel Karl vorbeischauten, bei dem ich mich in die Werkstatt zurückziehen und am Schraubstock mit Sägen, Hobeln und Feilen spielen konnte. In seinem kahlen Flur hingen links und rechts der Türen ausgestopfte Greifvögel, Bussarde und Eulen, die ich jedesmal zaghaft anfaßte und dabei fürchtete, sie könnten plötzlich die Flügel spreizen und mir mit den Schnäbeln in die Finger hacken. Onkel Karl, dem Borstenbüschel aus der Nase wuchsen und dessen Hände wie haarige Hügellandschaften aussahen, saß mit einem Zigarrenstummel zwischen den Lippen in seiner Küche, vor ihm auf dem Tisch ein Krug mit Most. Immer hatten wir das Gefühl, ihn sowohl zu stören als auch willkommen zu sein. Halb abwesend, halb aufmerksam schien er sich für nichts und dabei für jede Kleinigkeit zu interessieren. Er wirkte oft ein bißchen mürrisch und dabei humorvoll zugleich, obwohl sein feines Schmunzeln unter dem Schnauzbart kaum sichtbar wurde. Seit ein paar Jahren liegt auch er draußen zwischen den Feldern. Ihn hat, wie es von denen heißt, die im Herbst sterben, das Laub mitgenommen.

Als das Krankenhaus von der Straße aus zu sehen ist, erwäge ich, von nun an die Besuche bei Mutter zu zählen. Jene Tage und Wochen, die sie noch auf der Erde verbringen wird, erscheinen bereits heute wie eine aus dem gleichförmigen Lebensverlauf herausgebrochene Zeit. Man soll nicht rechnen, sagt dabei eine innere Stimme, weil das letzte Miteinander nicht numerisch aufzurechnen ist. Dennoch wird der Abstand zwischen dem nächtlichen Telefongespräch und dem Sterbetag einst kalendarisch zusammengefaßt werden. Die Tage werden nicht mehr unmerklich dahinfließen, sondern mit gesteigerter Aufmerksamkeit vergehen. Alles, was ich bislang versäumte, muß noch untergebracht werden, als sollte ich mich gerade jetzt, wo eine fremde Macht stündlich zu spüren ist, als Herr der Lage erweisen, als sollte ich alle Gefühle und Gedanken, wie noch nie, einzig auf sie richten, um mir nicht einst an ihrem Grab vorhalten zu müssen, die verbliebene Zeit nicht genutzt zu haben.

Im Krankenhaus mag ich, entlang den Fluren, keinem begegnen. Bei einem knappen Gruß, bei der ersten Silbe, die ich herausbringen müßte, könnte die Stimme ins Schluchzen umkippen. Im Anmeldezimmer sitzt, an der Namensplakette erkennbar, jener Arzt, mit dem ich telefonierte. Er wiederholt wortwörtlich, was er mir bereits sagte, und fügt schulterzuckend und mit mitleidigem Grinsen hinzu, sich einen älteren Sohn vorgestellt zu haben. Es klingt, als entschuldige er sich für seine distanzierte Geschäftigkeit und die kargen Auskünfte. Vielleicht hält er mich jetzt nicht mehr für einen stabilen Menschen, der angesichts einer dahinsiechenden Mutter ein klares Wort verträgt. Er hat nicht damit gerechnet, daß Mutter fast vierzig Jahre älter ist als ihr Kind.

Nahezu versteckt, das Gesicht kaum sichtbar, liegt sie in einem von technischen Geräten umstellten Bett. Ein schlichter Nachttisch mit Tablettenschachteln würde beruhigender wirken. Die Kabel und Infusionsflaschen, der Katheter und die Monitore mit den aufzackenden Frequenzkurven lassen auf Schlimmstes schließen. Man hat ihr das Gebiß herausgenommen, ihr bräunlichgelbes Gesicht ist eingefallen. Wenn sie zu Hause die Zähne vor dem Schlafengehen im Wasserglas ablegt, sieht sie aus wie ein Hutzelweib, das sich von Suppen und Grießbrei ernährt. Ihre Fratze reizt dann zum Lachen. Ansonsten wirkt sie weit jünger, als sie tatsächlich ist. Keiner, der ihr Alter nicht kennt, will glauben, daß sie bereits seit sieben Jahren Rentnerin ist. Doch jetzt, beim Anblick ihres verfärbten Gesichts, ahne ich, wie mir ihr Schädel in wenigen Wochen aus dem Sarg entgegenstarren wird. Zu Weihnachten war ihr braunes Haar von nur wenigen Silberfäden durchzogen, während der letzten Tage ist es beinahe grau geworden. Mutter döst und bemerkt mich nicht.

Plötzlich steht eine steinalte Nonne am Bett, die unhörbar herangeschlichen ist und sich als Schwester Agathemaris vorstellt. Sie erinnert sich, meine Kindergärtnerin gewesen zu sein, und ich entsinne mich, daß sie uns jeden Nachmittag zwang, eine Stunde lang auf aneinandergereihten Pritschen zu schlafen. Während alle anderen ruhig dalagen, wälzte ich mich unruhig hin und her, ohne je die Augen zu schließen. Danach mußten wir uns im Kreis um sie versammeln und ihren frommen Geschichten zuhören. Während Mutters Leib im Schlummer zuckt, will die Nonne ein Glaubensbekenntnis von mir hören und wissen, ob ihre frühe Erziehung Früchte getragen hat. Weil ich ausweichend antworte, stellt sie immer neue Fragen. Sie lebt ungebrochen in ihrer mythischen Welt, deren Wahrheiten sie uns bereits als Kindern eingebleut hat. Um sie abzuwimmeln, verweise ich auf Mutters Zustand. Nicht ohne letzte Ermahnungen schleicht sie ans nächste Bett, um ihre Mission im Gewand der Hilfsbereitschaft fortzusetzen.

Dort liegt eine von Verwandten umringte Alte, die Anwesende als Abwesende und Abwesende als Anwesende halluziniert. Die wirklich hier sind, scheinen sie aufgrund galliger Pflichtgefühle zu besuchen. Sie zeigen wenig Nachsicht mit ihren kuriosen Verwechslungen und haben nicht die Geduld, der wirren Kranken ihre Phantasien zu lassen, mit denen sie Raum und Zeit überspringt und das Krankenzimmer mit Leuten ihrer Wahl anfüllt. Herrisch wollen sie das greise Weib von ihren arglosen Wahngebilden kurieren und sie davon überzeugen, daß das, was sie sagt, nicht stimmt. Sie, die rational recht haben, wirken weit närrischer als die Alte, und ihre ungnädigen Gegenreden beben vor verhaltener Wut. Vielleicht verzweifeln sie daran, eine lästig gewordene Verwandte, mit der man nichts mehr anzufangen weiß, besuchen und später, weiß Gott wie lange, versorgen zu müssen. Vielleicht haben sie weder Zeit noch Geld, noch sonstige Gründe außer einem schlechten Gewissen für ihre Fürsorge aufzubringen. Unleidlich wie sie sind, könnte man meinen, sie glaubten, die Alte halte sie mutwillig zum Narren. Kleinlich schlagen sie auf ihre harmlosen Hirngespinste ein, mit denen sie sich, losgelöst vom Hier und Jetzt, ihr sieches Dasein verschönt.

Ich setze mich auf die Bettkante neben die Katheterflasche, die sich tropfenweise füllt. Von der Wand herab blickt jene Jammergestalt, mit der man alles Leiden der Welt rechtfertigt und die man als Erlöser anbetet. Zur Auflockerung hängen Genrebilder im holländischen Stil um sie herum, die das schlichte Leben rühmen: eine Stickerin, eine Familie beim Tischgebet, ein Stilleben mit Laute, Gambe und einem toten Fasan und eine humorige Wirtshausgesellschaft. Die Farbe der Wände ähnelt Mutters Haut. Seit meiner Kindheit, die ich monateweise in Krankenhäusern zubrachte, hat sich der dreckiggelbe Anstrich nicht verändert. Nur die technischen Geräte mit den zuckenden Leuchtzeichen beweisen, daß es einen Fortschritt gibt.

Mutters verklebte Augen öffnen sich mühsam und versuchen sich zu orientieren. Es sieht aus, als wüßte sie nicht, in welcher Wirklichkeit sie sich befindet. Als sie mich wahrnimmt, versagt ihr die Zunge. Vor Erschöpfung fallen ihr die trüben Augen wieder zu.

Draußen im Park gehen Kranke in Morgenmänteln spazieren und suchen die sonnigen Plätze. Die Natur beginnt aufzublühen, und Mutter geht dem Zerfall entgegen. Seit dem Telefongespräch mit dem Arzt dränge ich die Frage weg, ob sie ihren Niedergang von selbst bemerken oder an eine Genesung glauben, ob sie von den Ärzten oder von mir die fatale Diagnose erfahren wird. Die Flucht in die Unentschiedenheit muß ebenso wie das Verschweigen als Lüge gelten, obwohl nicht ausgemacht ist, ob Wahrhaftigkeit ihrem Zustand eher schaden oder nützen, ob sie zu einer erlösenden Gewißheit verhelfen oder das Siechtum beschleunigen wird.

Abwechselnd starre ich auf Mutter und durchs Fenster und hinüber zu den anderen Betten und gehe die immergleichen Schrittlängen auf und ab und setze mich wieder zu ihr und stehe wieder auf und gehe herum und versuche vergeblich die Zeichen auf den Monitoren zu entziffern. Und schon drängt es mich weg von hier, obwohl ich nichts zu erledigen habe und zu Hause niemand auf mich wartet. Eben erst habe ich mir vorgenommen, Mutter nie mehr zu verlassen, doch je entschiedener ich mich zum Bleiben zwinge, desto unbändiger zerrt eine ziellose Kraft mich weg. In meinem Inneren wird ein Lärmen immer lauter, und eine unbestimmte Erregung nimmt zu, die in der Enge dieses Zimmers nicht auszuleben und abzustellen ist. Zu hilfloser Untätigkeit verdammt, sitze ich da, rastlos, gefangen in einer Ohnmacht, die zerstörerisch ist, aber keinen Schuldigen zur Verfügung hat, den man für diese Not bestrafen könnte. Einzig Geduld wäre jetzt angesagt, doch sie läßt sich per Willensbeschluß nicht erzwingen.

Mutter wacht wieder auf und bleibt dennoch abwesend. Die unduldsamen Besucher sind aufgebrochen. Das alte Weib nebenan schnarcht und röchelt. Es landet ein Helikopter. Von den Wänden ziehen sich die matten Sonnenschatten zurück. Mutter schläft erneut ein. Ich flüstere ihr zu, daß ich morgen wiederkommen wolle, und fürchte, sie könnte sich, obwohl todmüde, verlassen fühlen.

Als Oma anderthalb Jahre vor ihrem Tod drei Monate lang in einer psychiatrischen Anstalt untergebracht war, besuchte ich sie fast jeden Sonntag. Jedesmal verließ ich sie kurz nach der Ankunft wieder. Die Anfahrtszeit mit dem Zug dauerte eine Stunde, bis der nächste zurückfuhr, vergingen zwei weitere. Von zu Hause zum Bahnhof, vom Bahnhof nach Hause dauerte es, die Wartezeiten nicht gerechnet, nochmals dreißig Minuten mit dem Bus. Trotz des Widersinns, so lange unterwegs zu sein, um nach einer ausgedehnten Begrüßung gleich wieder zu verschwinden, siegte jedesmal eine herrische Unrast über die ernsthafte Absicht, länger zu bleiben. Die Woche über freute ich mich auf Oma, nach der Ankunft hielt ich es keine halbe Stunde bei ihr aus. Fröhlich wie ein Kind kam sie jedesmal auf mich zu, glückliche Tränen in den Augen, stets von neuem überrascht, als habe sie es nicht gewagt, mich zu erwarten.

Sofort wenn ich das Anstaltstor hinter mir zugezogen hatte, wollte ich die abrupten Aufbrüche rückgängig machen, aber dennoch nicht wie ein Verwirrter ein zweites Mal klingeln und nochmals um Einlaß bitten. Überdies würde der eingespielte Ablauf sich lediglich wiederholt haben. Heute frage ich mich, warum ich nie mit ihr ein Café aufsuchte, sie nie in den Park führte. Je kindlicher Omas Geist und je gebrechlicher ihr Leib wurde, desto heller strahlte ihr Gesicht beim Anblick von Vögeln und Blumen. Es war, als entdeckte sie im hohen Alter die Natur zum ersten Mal. Früher sah sie Tiere und Pflanzen mit nüchternen Augen, wie ein Bauer, der selten die Schönheit einer Landschaft erblickt, weil er in Ar und Hektar rechnen und besorgt an das Wetter und die Ernte denken muß. In ihren letzten Jahren freute sie sich an jedem Sperling, den sie früher wie eine Furie von den Beerensträuchern verscheuchte, und jede Blüte schätzte sie als ein gnadenreiches Ereignis, für das es sich lange zu leben lohnt.

Als müßte der Lebensbogen sich zu den Anfängen zurückkrümmen, lebte ihr Geist bereits wieder in ihrer Kindheit. Als sie dreizehn war, starb ihr Vater. Sie mußte die Schule vorzeitig verlassen und übernahm als ältestes von acht Geschwistern mit ihrer kränklichen Mutter den hochverschuldeten Hof. Später hat ihn, wie üblich, der Erstgeborene übernommen, jener Onkel Max, den ich über Jahre hinweg als Bettlägerigen, nahezu Verstummten, immerzu Dahinsiechenden erlebte. Oma überlebte alle Geschwister und kehrte, als sie alleine übrigblieb, in die Vergangenheit zurück, um die Toten nochmals als Lebende um sich zu versammeln und mit ihnen auf den Hof zwischen die Gumpe und den Kuhstall zurückzukehren. Täglich ermahnte sie sich im lauten Selbstgespräch, für Max, der bald vom Feld zurückkommen sollte, das Vesper richten zu müssen. An manchen Abenden flüchtete die Neunzigjährige auf den alten Hof und bestritt, in unserem Haus, das ihr selbst gehörte und in dem sie seit über einem halben Jahrhundert lebte, je daheim gewesen zu sein. Sie entwickelte dabei so unbändige Kräfte, daß Mutter und ich sie nicht einmal zu zweit zurückhalten konnten. Weil wir sie nicht ständig bewachen konnten, ließ Mutter sie in eine geschlossene Anstalt einweisen. Über ihre neue Umgebung wunderte sie sich nicht. In der wirklichen Fremde schwebte ihre Seele so sehr im Früher, daß die Gegenwart sie nicht verstören konnte. Von da an gab es zwischen der einstigen und gegenwärtigen Welt allenfalls noch wunderliche Überschneidungen, aber keine offensichtlichen Brüche mehr.

Oma wiederholte sich ständig und vergaß sofort, was eben erst geredet worden war. Man drehte sich im Kreis und besprach mit immer ähnlichen Worten das Wetter, das Essen, die Nachbarn und Verwandten, die Hühneraugen und Hüftschmerzen. Jeder, der sie besuchte, wußte, worauf er sich einließ. Es gab keinen Grund, von der Wiederkehr dieses Einerleis enttäuscht zu sein. Dennoch mußte ich sie, kaum daß wir uns in dem kahlen Besucherzimmer gegenübersaßen, sofort wieder verlassen, obwohl ich wußte, daß draußen nur öde Gassen und triste Kneipen auf mich warteten.

Als das Schlimmste an diesen jähen Aufbrüchen empfinde ich bis heute die Unbedingtheit, mit der sich ein gleichsam fremder Wille gegen meine besseren Absichten stets durchsetzte. Noch heute möchte ich diese Fluchten ungeschehen machen, obwohl ich hier an Mutters Bett bereits diesem Drängen wieder unterliege.

Vor wenigen Wochen erwähnte Mutter beiläufig, sie könne sich vorstellen, mit der Arztfamilie, für die sie seit ihrer Pensionierung die Buchhaltung erledigt, nach Afrika auszuwandern. Eine verwegene Aufbruchsfreude schwang in dieser wildschönen Überlegung mit, und ich traute meinen Ohren nicht. Ein mögliches Leben leuchtete darin auf, das uns voneinander hätte erlösen und dennoch gemeinsam auf dieser Erde existieren lassen können. Vielleicht wollte sie prüfen, ob ich erschrecke.

Ich fahre zurück, aufs Land hinaus, auf mein Dorf zu, in dem unser Haus jetzt unbewohnt ist. Unterwegs biege ich von der Schnellstraße ab, in einen Feldweg ein, auf ein Waldstück zu. Auf einer Bank sitzt ein verhutzelter Alter, umgeben von zwei Kötern, die zum Bellen zu müde, zum Angreifen zu schwach sind. Der Greis grüßt scheu. Offenbar fühlt er sich in der Nähe von Fremden nicht wohl. Doch als er mir anhört, daß ich aus der Gegend stamme, fragt er nach dem Wohin und Woher. Klare Verhältnisse sind den Hiesigen am liebsten, weil die Wurzeln, an die sie glauben, ihnen Auftrag und Gewähr bedeuten. An warmen Tagen, sagt der Alte, sitze er stundenlang hier draußen auf seiner Bank. An der schattigen Ruhestelle wähnt er sich umfriedet von seinem Waldrand und seiner Flur, aufgehoben in einer Ecke, die nur ihm und wenigen anderen gehört.

Heutzutage, stöhnt der von seinen schläfrigen Hunden schlecht bewachte Greis, sei nichts mehr, wie es war. Ich kenne diese Sentenzen und mag sie nicht mehr hören. Es ist, als spräche meine tote Oma aus ihm. Dennoch hat er nicht unrecht. Die Dörfer dümpeln längst als Trabanten der städtischen Industrie- und Bürobetriebe leblos vor sich hin, den Ortskern beleuchtet die Neonreklame des Getränkemarkts, zerfetzte Veranstaltungsplakate verdekken seit Jahren die Schaufenster einstiger Lebensmittelgeschäfte, und die nur noch an den kirchlichen Vierfesten gut besuchten Kirchen stehen wie Relikte aus alten Tagen in der einstigen Dorfmitte. Die Landflecken haben sich in Einzugsgebiete, Neubausiedlungen und Schlafstätten verwandelt und ihr inwendiges, eigenes Leben verloren. Die Jüngeren sind keine Dörfler mehr und auch keine Städter. Sie bewegen sich hin und her als Pendler und fühlen sich dort, wo sie arbeiten, nicht zu Hause, und leben dort, wo sie schlafen, nur an den Wochenenden. Wenn sie abends müde aus jenen Linienbussen steigen, die sie morgens einsammeln, stieben sie mit ihren schmalen Mappen unter dem Arm auseinander, ihren Eigenheimen zu. Die einen sind Zugezogene, ländlich gewordene Städter, die anderen ehemalige Bauern und deren Kinder.

Unser Dorf hatte nie einen Bahnhof als Tor zur Welt. Jene Urlauber, die auf der Fahrt nach Irgendwohin unsere Gemeinde streifen, sehen von der Umgehungsstraße aus nur den Schieferturm der Kuppelkirche. Es gibt keinen ersichtlichen Grund, eigens abzubiegen. Unsere Ortschaft liegt, von wo auch immer aus gesehen, daneben. Dabei hat das Dorf durchaus pittoreske Motive für Photographen anzubieten: eine Prachtstraße mit klassizistischen Gebäuden und eine dem Petersdom miniaturhaft nachgebildete Kirche, eine barocke Kapelle und ein altes Klosteranwesen, das vor wenigen Jahren bei einem Brand bis auf die Grundmauern zerstört und in anderer Gestalt als Altersheim wiederaufgebaut wurde. Früher führte eine jahrhundertealte Kastanienallee in den Ort, die wie eine finstere Kathedrale aufragte und vor deren erhabenem Dunkel wir uns als Kinder fürchteten. Vor zehn Jahren wurde sie aus Sicherheitsgründen abgeholzt. Jetzt stehen am Wegrand schlanke Bäume, durch deren Zwischenräume der Blick auf kurzgeschorene Rasenflächen und Gartenzwerge fällt. Der Fluß, der sich durch unsere Wiesen schlängelt und auf dessen berühmten Namen die Leute hier stolz sind, weitet sich erst in fernen südöstlichen Ländern zum vielbestaunten, ins Schwarze Meer mündenden Strom.

Die heruntergekommenen Häuser im Ortskern stehen leer oder sind auf Anordnung städtischer Ämter an Asylanten vermietet. Die dunkelhäutigen Gestalten, die in ihnen hausen, gelten, weil sie nicht geblieben sind, woher sie kommen, als Gesindel. Je satter die Hiesigen sind, desto ungemütlicher wirken auf sie die armseligen Fremden. Nur damals, als landesweit die Losung ausgegeben wurde *Unser Dorf soll schöner werden!*, waren Ausländer nicht ungern gesehen. Sie schliefen neben dem Lagerschuppen der Genossenschaftsbank in Bauwagen, und man konnte von morgens bis abends sehen, wie sie die Schotterwege aufrissen und Rohre legten und die Gräben wieder zuschütteten und asphaltierten. Täglich konnte man beobachten, wie sie im Freien ihrer Arbeit nachgingen und keinen störten. Sonntags sah man sie durch die offenen Türen bei Brettspielen und beim Briefeschreiben in ihren Wagen sitzen. Als diese modernen Metöken mitsamt den Planierraupen, Zementmaschinen und Loren wieder verschwanden, waren alle Gassen geteert, neben der Hauptstraße geometrisch abgewinkelte Rasenflächen angelegt und alle Häuser an die Kanalisation angeschlossen. Die fleißigen Fremden wurden in ihren fahrbaren Hütten weitergekarrt, bis in unserer Gegend auch die entlegensten Weiler mit den Wohltaten der Zivilisation versorgt waren.

Die heutigen Zugewanderten gelten als Eindringlinge und stammen aus Ländern, deren Namen kaum einer kennt und von denen man auch nichts wissen will. Der Alte auf der Bank zieht über sie her, als störe ihre bloße Anwesenheit jene dörfliche Ruhe, die den Jungen als Langeweile erscheint und vor der sie allabendlich mit ihren Mopeds in die benachbarten Kleinstädte fliehen.

Von Hausierern und gelegentlich in der Gegend kampierenden Zigeunern abgesehen, kamen früher selten Fremde hierher. Die einen verkauften Schnürsenkel, Kernseife und gekörnte Brühe, die anderen sammelten Altkleider und Sperrmüll. Mit den Zigeunerkindern durften wir weder reden noch spielen, weil sie durchweg als gerissenes Diebsgesindel galten. Noch heute geht man allen, die keinen eigenen Boden unter den Füßen besitzen, aus dem Weg, als hätten sie ansteckende Krankheiten. Oma wurde einmal von einer Zigeunerin verflucht, weil sie ihr nichts abgekauft hatte. Daraufhin konnte sie nächtelang nicht mehr schlafen. Sie war von den magischen Kräften dieses dunkelhäutigen Weibs zutiefst überzeugt.

Aber auch Landsleuten gegenüber ist man mißtrauisch. Wenn Oma allein mit dem Bus in die Stadt fuhr, packte sie ein Butterbrot ein, um nicht einkehren zu müssen. Sie tat es nicht nur aus Sparsamkeit, sondern auch aus Scheu, mit fremden Leuten, und sei es nur mit der Bedienung, reden zu müssen. Unter ihresgleichen war sie leutselig, draußen vor dem Dorf wortkarg. Jenseits unserer Kreuzung, am Ende der Allee, von der aus eine Straße hinüber zu den Lutherischen, eine andere hinab in die Stadt führt, hatte sie das Gefühl, sich auf gefährlichem Gelände zu bewegen.

Einmal durfte bei einer Sonntagsandacht ein Negerpfarrer aus Afrika predigen. Die Gemeinde starrte ihn an, ohne ihm zuzuhören. Man wußte nicht einmal, wie es sich anfühlt, einem solchen Wesen die Hand zu geben, was man ihm sagen, ob man ihn als eine Art Kind oder als ein Geschöpf aus einer anderen Welt behandeln sollte. Einerseits stand er als Vertreter des rechten Glaubens vor uns und erwies sich als braver Schüler unserer Missionare. Andererseits war einer aus dem Busch eigentlich nicht berechtigt, unsereinem die Wahrheit zu verkünden. Der Gottesdienst verwandelte sich in einen Zoobesuch. Wir gafften den Schwarzen an und wunderten uns über seine Redegabe wie über einen Papageien, der sprechen kann.

Mutter kann sich an meinen gestrigen Besuch nur schemenhaft erinnern. Das wirkliche Wiedersehen findet erst heute statt. Sie erzählt, der Arzt habe ihr erklärt, mit den Schmerzen noch eine Weile leben zu müssen. Ich nicke und verschweige die weit schlimmere Prognose. Von heute an steht ein medizinischer Befund zwischen uns. Jene Auskünfte, die ich bekam, klangen eindeutiger und waren bar jeder Zuversicht. Mutter gegenüber ließ der Arzt alles offen. Er log nicht, aber flüchtete sich in ein allgemeines Gerede, das alles und nichts bedeuten kann. Vermutlich ist es ratsam, Mutter die hoffnungslose Diagnose zu verheimlichen, damit sie ein Ziel vor Augen hat und sich nicht aufgibt. Vielleicht führt ihr Glaube, wieder gesund zu werden, tatsächlich zur Heilung. Schließlich bürgt kein einziger Arzt für die unumstößliche Wahrheit seiner Voraussagen. Dennoch lebe ich in der Lüge, wenn ich ihr mein Wissen vorenthalte. Solange sich ihr Zustand nicht verschlechtert, kann ich mein Verschweigen mit Hoffnungen rechtfertigen und an Wunder glauben.

Vielleicht dürfte Mutter ihren Zerfall befreiter erleben, wenn sie um das angekündigte Ende wüßte, sich auf ihren allerletzten Abschied einstellen und ihn als taghell erlebtes Fortgehen mitgestalten könnte. Dann müßte sie ihre Kräfte nicht durch unsinnigen Widerstand gegen das Unabwendbare verschleißen und sich nicht gegen ein Schicksal aufbäumen, das längst entschieden ist. Sie dürfte Leib und Seele eine Müdigkeit gönnen, die sie ihnen bislang selten zugestanden hat. Bis vor wenigen Wochen sah man ihr nicht an, daß sie bereits siebzig ist. Noch an ihrem letzten Geburtstag hörte sie es gern, wenn die Leute ihr prophezeiten, sie werde weit über hundert Jahre alt. Manchmal wirkt ihre nervöse Unruhe wie eine unversiegbare Energie. Mit Schrecken malte ich mir immer wieder aus, sie werde mich überleben und bis zu meinem Tod tyrannisieren.

Vor wenigen Tagen hörte ich im Vorbeigehen auf der Straße ein Kind seine Mutter fragen, warum der Opa eigentlich sterben müsse. Ich ging in die entgegengesetzte Richtung und konnte die Antwort nicht hören und stellte mir vor, daß die Mutter ratlos war. Kinderfragen sind die schlimmsten, weil sie jene Lebensrätsel berühren, die einen ins Stottern geraten lassen. Die Kleinen fragen immer weiter und geben sich mit keiner Antwort zufrieden. Man mogelt sich mit Behauptungen durch und möchte ihnen nach einer Weile am liebsten das endlose Wissenwollen verbieten. Für alles, was wir eigenmächtig zuwege bringen, lassen sich Rechtfertigungen und Gründe finden, doch die Fragen nach dem Unabänderlichen bringen das sonst so gewitzte Gehirn durcheinander. Was sollte die Mutter ihrem Kind zur Antwort geben? Daß der Opa sterben muß, weil er alt oder krank ist, weil Gott oder das Schicksal es so will, weil man nichts dagegen unternehmen und den Tod auf Dauer nicht umgehen kann. Plötzlich kommt es mir so vor, als hätte ich über den unfreiwilligen Drang aller Wesen, sich bis zur Unkenntlichkeit zu verwandeln, noch nie wirklich nachgedacht.

Man malt sich den Tod in Bildern aus und stellt ihn sich als Sensenmann oder klapperndes Skelett, als grinsendes Gespenst im Leichentuch oder knochigen Totenkopf vor, vergleicht ihn mit einem tiefen Schlaf, deklariert ihn als Beginn des ewigen Lebens und erklärt ihn zur Strafe für die irdischen Sünden. Man denkt an ihn oder blendet ihn aus, aber was er wirklich ist, läßt sich nicht sagen. Auch jener böhmische Ackermann, der den Tod vor den Richterstuhl zitiert, wird mit schönen Erklärungen abgespeist, die uns Lebende nicht beruhigen können. Es offenbart sich in ihnen der Widersinn des Denkens, etwas verstehen zu wollen, das einem feind ist, etwas begreifen zu müssen, das uns zerstört. Mit Begriffen und Argumenten läßt der Tod sich schlecht fassen. Manche, die als weise gelten, haben ihn als ein Ereignis, das außerhalb des Lebens existiert, aus der Sphäre der wichtigen Fragen hinauskomplimentiert. Epikur munterte in einem Lehrbrief dazu auf, nicht über den Tod zu sinnieren, weil er nicht da sei, solange wir leben, und wir nicht mehr leben, wenn er da sei. Spinoza forderte in seiner lichtdurchfluteten Ethik, man möge über das Leben und nicht über den Tod nachdenken und alle Furcht und Hoffnung vergessen. Für beide findet er jenseits des Daseins statt. Dabei ist er ein schwarzer Fleck in unseren Eingeweiden, der täglich wächst, bis er alles Leben in sich aufgesaugt hat.

Erst später, als das Kind und die Mutter längst nicht mehr zu sehen sind und die fruchtlose Frage fast vergessen ist, kommt mir beim Anblick der ziehenden Wolken der schlichte Gedanke, daß ohne Bewegung, ohne Entstehen und Vergehen, die reine Starre herrschen würde. Am liebsten möchte ich dem Kind nachrennen, um ihm die endlich gefundene, altvertraute Antwort zu schenken und die Mutter zu entlasten. Diese Einsicht erspart einem zwar keinen Schmerz und keine Trauer, doch für einen Augenblick empfinde ich sie als tiefe Erlösung, ohne zu wissen, wovon sie mich befreien sollte.

Überraschend ordnet der Oberarzt Mutters Verlegung von der Wachstation in ein gewöhnliches Zweibettzimmer an. Mit einer Krankenschwester schiebe ich das Rädergestell durch die Korridore, an butterfarbenen Wänden vorbei, die mit Fernweh-Photos, mit Palmenstränden, Bambushütten, Meeresbuchten und Sonnenuntergängen geschmückt sind. Von Paravents schlecht verdeckt, liegen Kranke, für die in den Zimmern kein Platz ist, provisorisch in den Gängen. Ein altes Weib schreit kreischend nach seiner Mama und fuchtelt, als treibe sie Pferde an, mit ihrem Krückstock in der Luft herum. Die Pflegerin lächelt verlegen, als trüge auch sie an dieser Misere eine Schuld.

Im neuen Zimmer ist das bei der Tür stehende Bett bereits belegt und von Besuchern umringt. Mutters fahrbares Gestell ist noch nicht festgeklemmt, als sie sich, von jäher Energie gepackt, wie eine Furie zwischen den Kissen aufrichtet und Befehle krächzt und vor Willenskraft zittert, als sei sie nie krank gewesen. Sofort und gleichzeitig habe ich ihre Taschen auszupacken, die Utensilien im Waschbeutel zu sortieren, die Handtücher aufzuhängen, die Wäsche im Spind zu stapeln und von den mitgebrachten Blumen die welken Blüten zu entfernen. Zügig muß alles gehen, als habe man längst zuviel kostbare Zeit mit Herumliegen und Herumlungern verloren. Immer geht es ihr zu langsam, wenn sie nicht selbst Hand anlegen kann, und man muß dafür büßen, daß sie zum Zuschauen verdammt ist. Vor den Fremden stellt sie mich als einen Nichtsnutz hin, der zwei linke Hände hat und dem die alltäglichen Dinge mißlingen. »Helft ihm!« fleht sie die Unbekannten an, die betreten und belustigt gleichermaßen, halb entsetzt und halb erheitert gaffen. Vor einer Stunde wirkte sie noch wie tot, jetzt bebt sie vor Kraft. Ich möchte sie für ihre Häme erschlagen. Doch Widerreden reizen sie in solchen Situationen nur zu weiteren Aufwallungen. Ich mime den Gefügigen und erledige wortlos, wonach sie giert. Sie weiß nicht, wie widerlich sie mir in solchen Augenblicken ist.

Nichts wird sich zwischen uns ändern. Es ist eine moralische Narretei zu glauben, im Angesicht des nahenden Todes könne man sich über lange eingeübte Verhaltensmuster hinwegsetzen und eingefleischte Reflexe ignorieren. Wir können nicht von heute auf morgen ein friedfertiges Leben beginnen und uns alle Angriffe großzügig verzeihen.

Unter dem Vorwand, telefonieren zu müssen, fliehe ich ins Freie und stampfe mir im Park hinter dichtem Gestrüpp, wo mich keiner sieht, den gestauten Haß aus dem Bauch. Den Rest des Nachmittags verbringe ich in einem Café, aus dessen Radio süßliche Melodien tönen, die wider Willen alle Wahrnehmung absorbieren. Mutter wird sich nach einer Weile fragen, wo ihr Kind geblieben ist. Von einer Kneipe aus rufe ich sie am Abend an und wünsche ihr, als sei nichts gewesen, eine gute Nacht.

Seit meiner Schulzeit rennt sie oft morgens, aufgelöst und außer sich, wie ein zitterndes Gespenst im Nachthemd, kreischend in mein Zimmer. Sie schreit mich wach und klagt, wegen mir keine einzige Minute geschlafen zu haben. Dabei höre ich sie beim Zubettgehen nicht selten schnarchen. Doch wenn ihre Lippen beben und mich mit Wahnlitaneien bespucken, ist für Einwände kein Raum. Ihre nächtlichen Augen sehen überall Abgründe und nur ein einziges, endloses Meer aus Sorgen. In der Früh muß sie ihre zerfledderten Nachtgedanken auf den, der sie anscheinend verursacht, abwerfen. Wenn ich mir die Ohren mit Kissen verstopfe, schlägt sie aufs Bett ein und brüllt: »Für all das wirst du an meinem Grab büßen müssen.«

Nicht selten enden die Tage, wie sie beginnen. Für ihre Orakelsprüche möchte ich sie vernichten, weil ich fürchte, sie könnte recht mit ihnen behalten. Zwischen Streit und Schweigen können unsere miteinander verklebten Seelen kein Maß, keine Ruhe, keinen Ausgleich finden.

Wenn sie behauptet, keine einzige Minute geschlafen zu haben, lügt sie nicht wirklich. Sie wähnt sich schlaflos, und das genügt. Dösend, grübelnd, träumend liegt sie halbwach und schrickt immer wieder auf und spinnt wirre Gedanken und fühlt sich beim ersten Morgenlicht an Leib und Seele erschlagen. Im Dunkeln kommt sie nie auf den Gedanken, das Fenster zu öffnen und so lange in den Nachthimmel zu schauen, bis ihre epileptische Seele sich beruhigen und ihr tobender Geist sich ernüchtern würde. Tief in ihrem Inneren sucht eine dunkle Gier die gehetzten Gefühle und erregt die fiebernden Sinne. Immerhin übertönen die von allen Seiten einstürzenden Durcheinandergedanken eine unerträgliche Stille und Leere: Keiner atmet neben ihr, keiner fragt etwas, und keiner legt ihr im Bett einen Arm um die Brust.

Selten sitzen wir friedlich beim Essen oder gehen, wie früher mit Oma, über die Feldwege hinaus zum Friedhof. Seit Jahren bringe ich kaum noch Freunde mit nach Hause, weil Mutter an meiner Welt nicht teilhaben soll. Doch ihrem Einfluß entgehe ich durch Aussparungen nicht. Solange ihre bettelnde, weinerliche, ersterbende Stimme Rechtfertigungen für meine Abwesenheit einklagen kann, bin ich durch Zwischenräume nur scheinbar vor ihr geschützt. Wo immer ich telefonisch erreichbar bin, kann ihr Gejammer mich überfallen. Manchmal nehme ich, wenn es klingelt, den Hörer nicht ab und verpasse lieber einen willkommenen Anrufer, als mich ihr auszusetzen. Nicht selten schlage ich, wenn sie mit ihrem Einerlei beginnt, den Hörer auf die Gabel. Dann ruft sie mich entweder zehn Minuten später wieder an oder schickt mir zwei Tage danach wie zur Rache einen Brief mit Geld oder meldet sich erst nach zwei Wochen und gibt sich so jovial, als sei nie etwas vorgefallen. Nach wenigen Einleitungssätzen beginnt das altbekannte Spiel von vorne.

Bereits tausendmal habe ich mir unbedingte Gelassenheit verordnet. Doch die Macht der guten Vorsätze verschwindet, noch bevor wir uns gegenüberstehen. Selbst wenn ich mich nach monatelanger Abwesenheit auf ein Wiedersehen freue, drängt es mich kurz vor der Ankunft in unserem Dorf, wieder umzukehren. Unter einem gemeinsamen Dach verkommen wir zu magnetisch geladenen Partikeln, die über Anziehung und Abstoßung nicht frei verfügen. Unser einziger Schutz voreinander besteht im Abstand. Doch alles, was Entfernung bedeutet, wehrt Mutter mit animalischer Kraft ab.

Ich kann ihr nicht verbieten, mich alle zwei Jahre einmal zu besuchen. Wenn sie wieder weg ist, habe ich das Gefühl, meine Wohnung gehöre nicht mehr mir, weil sie meine Zimmer mit ihren Blicken aufgesogen, mit einem unsichtbaren Firnis überzogen und sie im Geiste mit zu sich nach Hause genommen hat. In ihren Geschenken, den Küchengeräten, Kerzenständern, Schalen und Vasen, sehe ich ihre Augen, die mich aus der Ferne überwachen.

Mutters Gefühlsgewalten haben sich in meine Seele eingefressen. Jedes Tun und Lassen, alles, was ich erwäge, verknüpft sich mit ihren unausgesprochenen Gedanken. Aus jedem Abstand lenkt sie mein Wollen und Sollen, bei jeder Entscheidung setze ich mich an ihre Stelle, um ihr Kopfschütteln, Nicken und freudiges Glucksen vorwegzunehmen. Im Stillen antworte ich ihr bereits da, wo sie mich gar nicht fragt.

Der Gedanke an ihren Tod drängt sich zuweilen wie eine Erlösungshoffnung auf. Gleichzeitig gebiert dieser monströse Wunsch elende Schuldgefühle. Noch als Tote wird sie über meine geschwärzte Seele triumphieren.

Der Abend versinkt in Regen. Ich gehe in jenes Kino, in dem ich als Vierzehnjähriger an einem sommerlichen Sonntagnachmittag, nahezu allein im Saal, Viscontis Verfilmung von Camus' *Der Fremde* sah. Ich hatte den Namen des Regisseurs und den des Autors noch nie gehört, und es war Zufall, daß ich ausgerechnet diesen Film wählte. Wahrscheinlich sprach mich auf den Standphotos das Gesicht des Hauptdarstellers an, der im Film in eine Atmosphäre gleißenden Lichts getaucht ist, weit weg in einem Wüstenland, dessen karge Schönheit wie ein Glücksversprechen auf mich wirkte. Später glaubte ich, von diesem Tag an mein Leben in ein Davor und Danach einteilen zu dürfen. Ich wollte werden wie dieser Mann und in jener Ferne leben, die mir bei aller Fremdheit seelisch vertrauter als die gewohnte Umgebung vorkam.

Damals fuhr ich wöchentlich mit dem Bus in die Stadt und fürchtete, von den Städtern als Dörfler erkannt zu werden. Mit einem einzigen Satz konnte ich mich verraten, mit einer schlichten Frage mein Kauderwelsch von Dialekt offenbaren, mit einer kurzen Bemerkung hörbar machen, daß ich aus dem ländlichen Abseits komme. Das Hochdeutsche war für unsereins eine Fremdsprache, deren Idiom wir in der Schule mühsam erlernen mußten, deren gleitende Rhythmen und Melodien, deren Genauigkeit und Schärfe das kehlige Gestotter auch dann verfehlte, wenn es sich angestrengt um eine klare Aussprache bemühte.

Der städtische Tonfall schüchtert den Dörfler ein, und er fürchtet, in dieser Sprache mit Sätzen konfrontiert zu werden, die er selten auf Anhieb und vielleicht niemals versteht. Der bäuerische Zungenschlag klingt herb und derb und so schwerfällig, als sei er das lautmalerische Spiegelbild der schwieligen Pranken und feisten, aufgedunsenen Gesichter. Für helle und schnelle Gedanken eignet sich der träge ländliche Singsang nicht. Die Selbstlaute vergraben sich tief im Rachen, die Sätze verschwimmen zu Brei, und ein weicher Klang will sich selten ergeben.

Als ich klein war, zogen wir für die Einkäufe in der Stadt unsere Sonntagskleider an. Verglichen mit unsereinem wirkten die Leute dort allesamt elegant. Sie liefen nicht mit speckigen Hosen, dreckigen Schürzen und lehmig verklumpten Stiefeln herum, sondern flanierten in sauberer, bunter Kleidung durch die Straßen. Ihre Tage schienen aus einem einzigen Gehen und Verweilen zu bestehen, als habe ihnen ein schönes Schicksal die gesamte Lebenszeit für einen sorgenfreien Müßiggang zur Verfügung gestellt. Trotz jener Unübersichtlichkeit, die den Dörfler bedroht, lag ein Hauch von Paradies in der städtischen Luft. Selbst die Verkäuferinnen in den Warenhäusern konnten nicht als Gegenbeweise gelten. Beim Einkaufen wirkte das Geben und Nehmen derart beiläufig, daß es ebensowenig wie das Tänzeln der Kellner in den Cafés als Arbeit gelten durfte. Ich glaubte damals, in der Stadt gäbe es nur Sonntage, als ob ein Naturgesetz denjenigen, die zwischen Wiesen und Äckern leben, die Mühen, und denen, die zwischen Kaufhäusern wohnen, ein arbeitsfreies Dasein zugewiesen habe. Weil es von Gott so bestimmt schien, durfte ich nicht einmal neidisch auf die anderen sein.

Noch während der Schulzeit traute ich mich erst nach mehreren Anläufen, eine Kneipe zu betreten, und drehte meist, die Klinke noch in der Hand, wieder um. Ich wollte denen, die drinnen saßen, keinen Anlaß bieten, über mich zu lachen. Ich flüchtete ins Dunkel des Kinos, in dem ich mich geschützt fühlte und unbeobachtet in fremde Welten eintauchen durfte.

Die hellrote, verschnörkelte Leuchtschrift von früher, die weithin sichtbar die *Lichtburg* ankündigte, ist heute durch nervös flimmernde Digitalzeichen ersetzt. Der einst holzgetäfelte, mit samtrotem Tüll ausgehängte Kassenraum wurde in eine kahle, grell beleuchtete Billetthalle mit Barbetrieb verwandelt. Der Umbau hat ihm jedes Geheimnis genommen. Er wirkt nicht mehr wie eine dämmerige Schleuse, die in leuchtende Schattenwelten führt, sondern wie ein beliebiger Eingang zu einem Supermarkt, aus dem einem bereits auf der Straße der süßwarme Duft von Puffmais entgegenströmt.

An manchen Tagen, vor allem wenn ich alleine war, geriet das Kinoerlebnis zu einem liturgischen Ereignis. Manche Leinwandgeschichten schrieben sich so sehr ins Gedächtnis ein, daß einzelne Bilder, Gesten und Sätze bis heute jederzeit abrufbar sind. Sie schenkten jenen unbestimmten Stimmungen, für die zuvor keine Begriffe vorhanden waren und die dunstig im Gehirn gärten und als konturlose Empfindungen in der Seele rumorten, plötzlich eine Evidenz und Sprache. Was in einem ortlosen Inneren lebte, bekam eine sichtbare Gestalt, und ich wußte mich mit diesen bis dahin nicht eingrenzbaren Gefühlen plötzlich nicht mehr allein.

Diesen *Fremden*, der im rüttelnden Bus saß und über staubige Wüstenstraßen in das Altersheim fuhr, in dem seine tote Mutter aufgebahrt lag, erwählte ich zu meinem Vertrauten. Keiner konnte wissen, was in ihm vorgeht, ob er sich freut, ob er trauert oder ob er in einem seelischen Jenseits lebt. Bei der Ankunft im Altersheim unterhielt er sich mit dem Wärter über Belanglosigkeiten und rauchte mit ihm eine Zigarette, ohne sich für die Tote zu interessieren. Er schien aus reiner Gleichgültigkeit zu bestehen, die an ihm jedoch wie das Licht und die Stille der Wüste fremdartig und anziehend zugleich wirkte. Umgeben von Leuten, die beflissen ihre Meinungen zu Markte tragen, verbrachte er seine Tage, ohne sein Inneres preiszugeben. Am Tag nach der Beerdigung ging er mit einer Freundin ans Meer und verbrachte mit ihr die Nacht. Weil er keinem eine Verbindlichkeit bestätigte, keine Liebe und keine Kumpanei, konnte er auch keinen verraten. Er war so offen wie verschlossen, so undurchdringlich wie klar. Sein Gleichmut ließ auf eine Seele schließen, die wie der blaue Himmel und das Weiß der gekalkten Häuser aus der Ferne fleckenlos wirkt. Auf der Grenze zwischen An- und Abwesenheit, zwischen Teilhabe und Abstand, bewahrte er sich den willenlosen Willen, sich gegen das Schicksal nicht aufbäumen zu müssen. Weil er sich weigerte, den Tod als Drama anzuerkennen, glitten an ihm alle Ereignisse wie ein Windhauch, der den Leib nur streift, vorüber. Er lebte vor, wie man mit anderen zusammensein kann, ohne ihnen zu gehören.

Das Gericht verurteilte ihn nicht zum Tode, weil er einen Araber getötet, sondern weil er am Sarg seiner Mutter eine Zigarette geraucht und bei der Beerdigung keine Trauer gezeigt hatte. Dem Geistlichen, der ihn vor der Hinrichtung in seiner Zelle besuchte, wies er die Tür. Wenige Stunden vor dem Tod bestand er auf dem Recht, einsam sein Leben beenden zu dürfen.

Dieses Dasein am Rand der Wüste war bei aller Fremdheit, wie sie die Kulisse suggerierte, unserem dörflichen nicht nur fern: die Langeweile, das ziellose Warten, das Überbrücken der leeren Stunden mit Essen und Dösen und Trinken, die eintönigen Gespräche mit den Nachbarn, all das prägte auch die sich lange hinziehenden Sonntage in unseren Weilern zwischen den Wäldern und Wiesen. Die Bilder von der sengenden, lähmenden Sonne, von Wüste und Meer, kündeten nicht nur von einer anderen Welt, auch wenn Land und Licht sich hierzulande zu dunkleren Farben verbinden. Doch gab es in unserem Dorf jenen Fremden nicht, den ich gerne um mich gehabt hätte. Der Tod seiner Mutter ließ ihn nicht unglücklich zurück, wie die Leute es von ihm erwartet hatten. Von einem Vater war niemals die Rede.

Mutter vermeidet bis heute, von meinem Vater zu erzählen. Zehn Jahre lang hat sie ihn mit zäher Ausschließlichkeit geliebt. Doch längst hält sie ihr früheres Leben für endgültig erledigt. Nur zwei- oder dreimal kam ich von mir aus auf ihn zu sprechen. Meine knappen Fragen sollten so beiläufig klingen, als seien sie einem launischen Einfall und keiner lange gehegten Absicht zu verdanken. Mutter sollte das Gefühl haben, mir selbst komme die

Idee, über ihn zu reden, eher bizarr als naheliegend vor. Als sie spärlich von Vater zu erzählen anfing, gähnte ich absichtlich, als langweile mich diese Geschichte.

Bis zu meinem zehnten Lebensjahr beunruhigte mich meine Vaterlosigkeit nicht. Rechnerisch genügten in meinen Augen zwei Erwachsene und ein Kind, um eine runde Familie zu ergeben. Ein offenkundiger Unterschied zu den Gleichaltrigen war nur beim Faschingsumzug zu bemerken, als ich den Clown spielen mußte, während die anderen als Cowboys auftrumpfen durften. Mutter steckte mich in wallende Mädchenkleider und weigerte sich, mir Reiterhosen, Sporenstiefel, einen breitkrempigen Hut und einen Revolver zu kaufen.

In der Zeit, als ich im Internat war, bestellte mich der Prior über Wochen hinweg regelmäßig in seine Klause. Er wollte von mir erfahren, was es mit meiner Familie auf sich habe. Wie ein Richter saß er mir im Talar auf seinem Amtssessel gegenüber, die Hände über dem Bauch gefaltet. Immer wieder fragte er in eine unerträgliche Stille hinein, ob ich nicht ahnte, worum es gehe. Ohne zu wissen, warum, fühlte ich mich schuldig: Es mußte eine kapitale Verfehlung gegeben haben, die mir nie bewußt wurde. Um der stickigen Atmosphäre zu entkommen, hätte ich sogar Strafen für eine nicht begangene Tat auf mich genommen. Doch der Prior ließ mich im ungewissen.

Einmal befahl er mir vor den Ferien, mich von der Mutter über meinen Vater aufklären zu lassen. Zurück im Internat, hatte ich ihm nichts zu sagen, weil ich mich nicht traute, Mutter nach jenem Wesen zu fragen, das für mich nicht existieren sollte. Schließlich gierte der Prior nach einem Geständnis, nicht ich. Ich sehnte mich zwar nach einem schnellen Ende der Verhöre, jedoch nicht um den Preis, mich mit einem Phantom beschäftigen zu müssen.

Während eines Zeltlagers, das die Patres organisierten,

klärte mich ein Mitschüler, während alle anderen neben uns schliefen, darüber auf, wie Kinder entstehen. Im einzelnen blieb mir, was er sagte, undurchsichtig, aber ich verstand, daß eine Frau nicht ohne einen Mann schwanger werden kann. Mit diesem Wissen konnte ich den Fragen des Priors nicht mehr ausweichen.

An einem Ostermontag, als wir gerade Verwandte besuchten, sprach ich Mutter mit einer Entschiedenheit, die mich selbst überraschte, auf Vater an. Die Tante und der Onkel waren im Kuhstall beim Melken, und ich räumte mit Mutter den Kaffeetisch ab. Das Radio lief und beschützte uns davor, mit jenem stummen Abwesenden, um den es ging, allein zu sein. Beim Staubsaugen und Klappern des Bestecks gab Mutter mir protokollarische Antworten, während sie mit Mühe die Tränen zurückhielt. Sie fühlte sich noch immer schuldig. Ich wollte einfach wissen, wer mein Vater ist, sie aber nicht in jenes elende Gefühl hineinstoßen, das ich von den Verhören des Priors kannte. Außerdem sollte sie sich nicht für denjenigen rechtfertigen müssen, der leibhaftig vor ihr stand und etwas über den eigenen Vater erfahren wollte.

Geschäftigkeit bewahrt uns bis heute vor heiklen Gesprächen. Jahre später wollte ich wissen, wo sie sich mit ihm getroffen habe. Beim Spülen erzählte sie, daß er als Inhaber eines Textilwarenladens gelegentlich auf Geschäftsreisen ging. Mutter besuchte zur gleichen Zeit Freundinnen, die sie durch ihre frühere Arbeit als Kellnerin gekannt hatte und die nur in Omas Kopf existierten. So lernte sie den Rhein, die Mosel und Heidelberg kennen. Am liebsten denkt sie an die gemeinsamen Kinoabende zurück, obwohl sie sich an einzelne Filme nicht erinnern kann. Diejenigen mit Heinz Rühmann und Hans Moser waren ihr die liebsten.

Als ich sie einmal nach dem Herzinfarkt in ihrem Kurort besuchte, bemerkte sie beiläufig beim Mittagessen, mein Vater sei vor ein paar Tagen gestorben. Wir saßen in einem Restaurant mit Seeblick und schauten auf Schwäne und Segelboote und die in nah scheinender Ferne bläulich leuchtenden, schneebedeckten Berge. Um kein Thema daraus zu machen, erledigte sie die Angelegenheit zwischen zwei Bissen. Mit einem knappen Satz brachte sie die Sache hinter sich. Wir kauten an den Fleischbrocken weiter, als habe die Nachricht fast nichts zu bedeuten, als sei sie nur dazu da, ein einziges Mal ausgesprochen und gleich wieder vergessen zu werden. Vielleicht setzte sie mich nur deshalb in Kenntnis, damit ich es nicht von dritter Seite erfahren sollte. Wie immer, wenn wir, selten genug, über Vater sprechen, erweist sich die fremde Umgebung als passender Ort für dieses leidige Thema, für das es daheim keinen Platz gibt. Beim Weiteressen hatten wir uns nichts mehr zu sagen, doch jeder bemühte sich, ohne es dem anderen zu zeigen, um ein gemeinsames Gefühl, das sich nicht einstellen wollte. Wie sollte es auch? Für Mutter hatte mein Vater lange vor seinem Tod als erledigt zu gelten. Sie würde sich ein zweites Mal verlassen gefühlt haben, hätte ich je seine Nähe gesucht. Ich hatte ihn nicht ins Spiel zu bringen, sondern zu ersetzen.

Beim Nachtisch bemerkte sie noch, er habe vor ein paar Monaten bei ihr angerufen, um sie zu treffen. Es klang wie eine Beichte und wie die Bitte, ihre bis zuletzt durchgehaltene Abwehr anzuerkennen. Noch jetzt, nachdem er tot ist, empfindet sie es als Sieg, demjenigen, der sich, wie sie behauptet, nur für ihren Leib und nicht für ihr Leben interessierte, nie mehr nachgegeben zu haben. Daß er ihr ans Wochenbett nicht einmal Blumen schickte, kränkte sie tiefer als all seine jahrelangen, nicht gehaltenen Versprechungen.

Nach dem Essen zwang ich mich, mit ihr spazierenzugehen. Sie hoffte, ich bliebe wenigstens bis zum Abendessen. Doch bereits das Aufundabgehen am See war quälend. Wenn sie sich bei mir unterhakte, wehrte ich ihren Arm ab, wenn sie mich etwas fragte, maulte ich floskelhafte Antworten vor mich hin. Nach zwei Stunden schrie ich sie, weiß Gott warum, an. Sie flehte mich an, nicht zu gehen. Ich stieg ins Auto und bellte beim Türzuschlagen einen Abschiedsgruß. Wie immer hatte sie gejammert und geklagt und mich bedrängt, sie öfter zu besuchen, sie öfter anzurufen, sie öfter einzuladen. Ein scheinbar beiläufiger Blick oder eine banal klingende Bemerkung genügen uns seit langem, um das aufreibende Vernichtungsspiel zu eröffnen. Jedes Lächeln kann in Sekunden in ein Geifern, jeder absichtslose Blick unversehens in ein angreiferisches Augenblitzen übergehen. Außenstehende können über den schwelenden Kleinkrieg nur staunen und die Anlässe für die jähen Ausfälligkeiten nicht begreifen. Die eigentlichen Beweggründe sind uns selbst abhanden gekommen. Wir bekämpfen uns ohne offensichtlichen Sinn und ohne erkennbares Ziel. Das Gezeter ist im Lauf der Jahre zu einer verbindlichen Form der Verständigung geworden. Was Ursache ist und was Wirkung, weiß keiner mehr zu sagen. Sicher ist nur, daß keiner vom anderen lassen kann und jeder in der Schuld des anderen steht.

Nach der gestrigen Flucht vor Mutters Befehlston und Häme nehme ich heute einen Freund ins Krankenhaus mit. Er war noch nie in unserer Gegend, und Mutter kennt ihn nur als Schauspieler aus dem Abstand des Zuschauers zur Bühne. Vor zwei Jahren sah sie ihn als jenen alttestamentarischen Machtmenschen Holofernes, der Hebbels wilde Jugendsprache spricht. Er wartete nach der Vorstellung in der Kantine auf uns, doch ich entführte Mutter in eine jener abgelegenen Kneipen, die einen verläßlich vor Bekannten schützen. Vor Leuten, die mir nah sind, schäme ich mich für sie. Gleichzeitig empfinde ich diese Abwehr als erbärmlich und schäme mich auch für die Scham, obwohl ich sie nicht überwinden will. Lange hielt ich sie für ein Zeichen von Angst, zu sehr mit Mutter in Verbindung gebracht, zu sehr als ihr Spiegel- und Schattenbild angesehen zu werden, und erst spät dämmerte mir der Gedanke, daß ich mich im Grunde nicht schäme, sondern vor ihren öffentlichen Tiraden fürchte, mit denen sie mich vor allen anderen wechselweise zum hilflosen Kind degradiert und zum Helden stilisiert. Sie ist sich dieses Spiels nicht bewußt. Es läuft ab wie ein unabänderliches Programm.

Anfangs tastet sie die fremde Situation ab, schaut die unbekannten Gesichter scheu an und hört zu. Dann schaltet sie sich mit höflichen Fragen ein, um zunehmend von sich selbst und in der dritten Person von ihrem Kind zu erzählen, das als Erwachsener am Tisch sitzt. Sie drängt die Leute zum Trinken und spendiert eine um die andere Runde und redet nach einer Weile nur noch alleine. Anfangs wird allseits viel gelacht, weil Mutter ein loses Mundwerk hat. Später spüren die anderen, daß sie zu Stichwortgebern verkommen, und sitzen betreten herum. Doch Mutter sieht nur sich selbst und ihren Sohn und spult die immerselben Geschichten ab. Aus nächster Nähe müssen die Zuschauer ein jämmerliches Mutter-Sohn-Spektakel über sich ergehen lassen, das ungebeten aufgeführt wird und kein Ende finden will.

Wenn sie ihre Scheu vor Fremden verliert und redselig wird, zieht sie alle Aufmerksamkeit auf sich. Man wundert sich über ihren Überschwang und Witz, über ihre Frechheit und über die freimütige Lust, sowohl in den erbärmlichsten als auch höchsten Tönen über sich selbst und ihr großes Kind Auskunft zu geben. Ihr mädchenhaftes Gicksen, von dem die Dörfler sagen, es sei seit der Schulzeit ihr Markenzeichen, wirkt ansteckend, und man möchte meinen, sie habe das ganze Leben noch vor sich. Doch jedesmal mündet ihr Erzählen in einen Monolog, der unabhängig von den Anwesenden strikt seinen Lauf nimmt. Wenn ich sie mit Einwürfen nicht mehr bremsen kann, schreie ich sie irgendwann an und befehle ihr, endlich aufzuhören. Dann wundert sie sich, warum ich so hart mit ihr bin, und weint und klagt vor den anderen über ihr grausam undankbares Kind.

Jetzt, in der Todesnähe, zwinge ich mich, diese alten Ängste zu überwinden. Von jetzt an soll meine Welt sich mit der ihrigen ohne Schutzzonen überschneiden dürfen, und mit Holofernes' Besuch soll sich dieser Vorsatz zum ersten Mal bewähren. Mutter kann sich nur noch an sein abgeschlagenes, bluttriefendes Haupt mit den strähnig verklebten Haaren und den aufgerissenen Schreckensaugen entsinnen, das plötzlich aus dem Feldherrenzelt quer über die Bühne, über die Köpfe seiner Wächter und Soldaten hinweg, flog. Den Gang der Handlung hat sie, wie fast immer bei Theaterstücken, vergessen. Vage erinnert sie sich noch an Männer in morgenländischen Prachtgewändern und an ein fast nacktes schwarzes Mädchen, das um lodernde Fackeln tanzte.

Mutter fällt es schwer, Darsteller und Dargestellte zu unterscheiden. Sie kann sich kaum vorstellen, daß einer glaubhaft einen Verliebten mimt, ohne auf der Bühne sein Gegenüber wirklich zu begehren. In Gefühlsdingen kann sie an routinierte Verwandlungskünste nicht recht glauben. Ihre eigenen frühmorgendlichen Auftritte erlebt sie nie als dramatische Meisterleistungen, obwohl sie eigens für mich inszeniert sind. Sie führt ihrem Kind vor, wie seinetwegen ihre Nerven glühen. Manchmal wirken ihre Vorstellungen desto lächerlicher, je tragischer sie gemeint sind, und ich weiß dann nicht, ob ich einen Arzt rufen oder kichern soll. Meistens ist sie von ihrem eigenen zerstörerischen Elan derart überwältigt, daß ein Ende der Erregung sich erst mit der körperlichen Erschöpfung einstellt. In solchen Situationen kann man nur auf das Schwinden der Kräfte hoffen.

An Theaterabenden starrt sie meist gelangweilt und geistesabwesend in Richtung Bühne. Sie schläft nicht und wirkt dennoch abwesend, als hinge sie anderen als den im Stück verhandelten Gedanken nach. Meist scheint sie froh zu sein, wenn die Vorstellung vorbei ist. Sie äußert nie Kritik, sondern redet sofort über Alltägliches, um das, was ihre Sinne im Dämmerzustand aufgenommen haben, nicht kommentieren zu müssen. Auf die Frage, ob es ihr gefallen habe, nickt sie und sagt »jaja« und wechselt geschwind das Thema. Sie will sich nicht für unüberlegte Meinungen rechtfertigen und erklären müssen, was sie aus welchen Gründen als schön oder abstoßend empfunden hat. In Kunstdingen mag sie sich kein Urteil anmaßen, weil in ihren Augen andere dafür zuständig sind. Zwei Tage nach einer Vorstellung hat sie das Gesehene bis auf wenige Einzelbilder und neblige Eindrücke vergessen und denkt nur noch über den Mut der Schauspieler nach, die es wagen, vor Hunderten von Menschen äußerste Affekte auszustellen. Dann rätselt sie wieder, wie es möglich ist, auf der Bühne jemanden zu lieben, ohne sich wahrhaftig nach ihm zu sehnen. Nur bei Komödien ist sie sich sicher, daß das Spiel nicht ernst gemeint ist.

Überhaupt gefallen ihr die leichten Stücke besser als die mit Unheil getränkten. Den Zerrüttungsgesten scheiternder Helden und dem gedankenschweren Hin und Her pathetischer Reden kann sie wenig abgewinnen. Angetan ist sie dagegen meist vom Handwerklichen, vom

Gigantischen und Grandiosen der Theatermaschinerie, die sie mit dem praktischen Blick des Dörflers bestaunt. Die Kostüme, die Drehbühne und der Lichterzauber faszinieren sie weit mehr als jene Dinge, die sich in diesen Kulissen abspielen.

Nur bei der *Zauberflöte* und beim *Fidelio* hat sie wie ein Kind mit den bedrohten Helden gelitten, hat deren Gefahren am eigenen Leib durchlebt, die Hände im Schoß verkrampft und mit ihnen gezittert und am Ende, als alles gut ausging, verschämt geweint. Als der letzte Vorhang fiel, war sie beglückt und traurig zugleich, weil sie wußte, daß jene Seligkeit, die den Helden geschenkt wurde, ihr selbst vorenthalten bleibt. Nach dem Theater erwartet sie zu Hause ihre Stube, in der sie die Abende einsam zubringt. Sie geht alleine zu Bett, sie macht das Frühstück nur für sich selbst, und keiner ist da, der ihr Mittagessen lobt.

Jedes Jahr an Weihnachten und Ostern fragt sie, ob eines der beiden Stücke bald wieder aufgeführt werde. Sie mag im Theater nur eine solche Tragik erleben, die sich zu guter Letzt in Harmonie auflöst. Geschichten, die sich im Unglück erschöpfen, kennt sie aus dem Leben zur Genüge. Auf Abende wie jenen, an dem Holofernes auf der Bühne gebrüllt und getobt und das alte Bethanien in ein Schlachtfeld verwandelt hat, legt sie, ohne es offen zuzugeben, wenig Wert.

Als ich ihr am Telefon den Freund ankündige, der damals Holofernes war, versucht sie, den Besuch abzuwehren und auf jene Zeit zu verschieben, in der sie in ihren eigenen vier Wänden wieder das Regiment führen kann. Sie will nicht untätig auf einem Krankenzimmerbett im Nachthemd herumsitzen, sondern die Gastgeberin spielen und ihre Aufregung mit Kochen und Backen ausleben.

Hinzu kommt die Scheu vor einem großstädtischen Fremden, den sie für weltgewandt und wortgewaltig hält. Wer ein großes Publikum zu bannen weiß, kann in ihren Augen auch privat nur geschliffene Sätze aus sich hinausschleudern. Ich spüre ihre ehrfürchtige Ängstlichkeit vor jenem Machtmenschen, als den sie ihn im Theater erlebte. Einem, der auf der Bühne soviel Kraft besitzt, ist, fürchtet sie, nicht beizukommen.

Seit damals vor zwanzig Jahren, als wir uns nur in Sonntagskleidern in die Stadt trauten, um nicht als ländliche Tölpel aufzufallen, zeigen sich die alten Ängste, vor der großen Welt zu versagen. Auch ich wundere mich noch manchmal, daß einer, der auf dem abgelegenen Land aufgewachsen ist, sich mit einem verstehen und verständigen kann, der sich bereits als Kind in einer städtischen Welt zurechtfinden mußte. Für unsereinen endete die Welt am Ende der Kastanienallee, hinter dem Gottesacker und vor jenem Wald, hinter dem die lutherischen Berge beginnen. Wer sich gegen den Willen der Erwachsenen mit dem Fahrrad über den Fluß wagte, wollte den Gleichaltrigen beweisen, wie mutig er ist. In den Augen des Pfarrers waren wir, obwohl nicht in der Diaspora lebend, von Gemeinden falschen Glaubens umzingelt. Oma ermahnte mich täglich auf dem Weg zum Kindergarten, mit keinem Fremden zu reden, nichts anzunehmen und sofort, wenn einer mich ansprechen sollte, wegzurennen. Allen, die man nicht kannte, traute sie das Schlimmste zu. Noch heute hallen in mir, wenn ich alleine unterwegs bin, diese Kinderängste nach.

Trotz ihrer Einwände bringe ich Holofernes ins Krankenhaus mit, und es kommt alles anders als befürchtet. Mutter sitzt bereits bei unserer Ankunft aufrecht im Bett, schüttelt dem Unbekannten lange die Hand und bietet ihm, als sei er ihr altvertraut, die Bettkante als Sitzplatz an. Munter erzählt sie, die letzte Nacht, wie so oft, kaum geschlafen zu haben. Ungefragt schiebt sie ihr Nachthemd hoch und zeigt ihm die Operationswunden. Das Schlimmste am Krankenhausdasein, stöhnt sie, seien die schlaflosen Nächte, in denen man nur die vorbeifahrenden Züge und das Schnarchen der Nachbarn höre, ständig grüble und erst in der Früh, wenn die Vögel zu singen begännen, Ruhe finde. Dann sei es zu spät, weil die Schwestern einen bereits wieder weckten, um die Temperatur zu messen und das Frühstück zu bringen, obwohl man von dem vielen Liegen überhaupt keinen Hunger, nicht einmal ein wenig Appetit habe und das Graubrot und die portionsweise abgepackte, überzuckerte Marmelade mit dem, was man zu Hause an Eingemachtem habe, nicht zu vergleichen sei. Sie wolle nicht klagen, jedes Krankenhaus müsse seine Ordnung einhalten, im Grunde sei sie dankbar dafür, hier genesen zu dürfen, auch die Pfleger und Doktoren seien freundlich, bis auf den Chefarzt freilich, der es nicht für nötig befunden habe, sich ihr vorzustellen und wenigstens drei Sätze mit ihr zu reden, der zweimal in der Woche an der Spitze einer buckelnden Mannschaft von Weißkitteln durchs Zimmer schreite und am Ende des Bettes, ohne sie eines Blickes zu würdigen, seinen Untergebenen Unverständliches zuflüstere. All diejenigen, die sonst offen seien, versteinerten in seiner Gegenwart und grüßten sie entgegen ihrer sonstigen Gewohnheit nur mit einem stillen Nicken. Aber das sei nicht schlimm, sie wünsche sich nur, besser zu schlafen und nicht jeden Nachtzug zu hören und im Dunkeln nicht immerzu denken zu müssen, daß sie vielleicht nie mehr in die Welt hinausfahren dürfe.

Auch Holofernes hat die letzte Nacht ohne rechte Ruhe in einem Hotelzimmer zugebracht. Beide haben etwas gemeinsam und erhellen in redseligem Hin und Her das Krankenzimmer. Sie erklären sich, wie man sich fühlt, wenn der Leib nicht still werden will und wider Willen die Gedanken beben. Sie bestätigen sich einander ihre Not und wetteifern mit ihren Schilderungen der Schlaflosigkeit um zunehmende Beschreibungsgenauigkeit. Wenn es regne, seien die Nächte weniger schlimm, weil man sich nicht ganz alleine fühle, sagt Mutter, und Holofernes bestätigt, daß alle Naturgeräusche, selbst das schmerzhafte Kinderjaulen brünstiger Katzen, dann beruhigend wirkten. Schließlich wechseln sie über zum Wetter, zum Essen und Trinken und zu den kleineren Leiden, die das Leben bereithält, und vergessen dabei, wie schlecht sie geschlafen haben. Meine Angst vor aufkommender Scham ist für einen Moment verbannt und sitzt doch wie auf Abruf lauernd im Nacken.

Mutter erzählt ihm, sie werde mich in Zukunft nicht mehr belästigen und unsere Stadt nur noch heimlich aufsuchen, sich in einem Hotel einmieten, von dort aus Touren unternehmen, auf den Markt gehen und sich an den Fischständen, Gewürzbuden und bei den ausländischen Händlern mit exotischen Früchten und allem, was es im Dorf nicht gibt, eindecken. Mit einer Tasche voller fremder Düfte, mit eingelegten Oliven und Kräutern werde sie nach Hause fahren und mir erst später gestehen, daß sie im Theater eine Vorstellung besucht und anschließend beim Italiener um die Ecke eine Pizza gegessen habe. Sie redet, als sei nur mein Freund anwesend, wie ein Schauspieler, der an seinen Mitspielern vorbei à part vertraulich zum Publikum spricht.

Abends blättern wir zu Hause in alten Photoalben: immer wieder Oma vor dem Hühnerstall, wie sie dem Kind den Schlafanzug anzieht, wie sie lacht, wie sie, noch in jüngeren Tagen, mit Onkel Max vor einer Heufuhre mit einem

Ochsengespann strammsteht, immer wieder das damals noch lockige Kind, im Laufstall, mit dem Schubkarren, vor den Rosenhecken, mit Ballonmütze auf dem Dreirad, mit der Plastikklarinette, vor dem Weihnachtsbaum, mit der Schultüte, im Kommunionsanzug, als Ministrant bei der Fronleichnamsprozession, immer wieder bunte Faschingswagen mit Spruchbändern, mit aufgemalten Notengirlanden und humorig-holperigen Reimen, haufenweise gestellte Bilder, steife Posen, gespielte Würde, gemimter Frohsinn, die Blicke geradeaus in die Kamera, aufrecht und aufgeräumt, Sonntagsphotos, auf denen ein jeder etwas gleichsehen will.

Wenig, was meine Erinnerungen prägt und als Kindheitsstimmung im Inneren nachweht, ist auf diesen Bildern sichtbar. Die festgehaltenen Schatten und das im Inneren Bewahrte verbinden sich nicht. Das eine schließt das andere nicht aus und steht doch ohne Bezug nebeneinander. Mit einem Knopfdruck ist das Wirkliche nicht einzufangen. Als Onkel Max gestorben war, glaubte ich, sein großmächtiger Schädel liege über Wochen hinweg allabendlich auf unserer Hutablage im Flur. Er blickte auf mich herab, weiß Gott, was er wollte. Nur meinetwegen kehrte er, bevor ich zu Bett ging, aus der Geisterwelt zurück. Jeden Abend drängte ich Mutter oder Oma, ohne ihnen den Grund anzugeben, mich die Treppe hinauf bis ins Schlafzimmer zu begleiten. Ich fürchtete, Onkel Max könnte mich beim Vorbeigehen ansprechen. Sein Totenkopf war wirklicher als alles, was abgelichtet wurde.

Einmal, als Mutter mich im sommerlichen Garten zwischen Sträuchern wie eine Statue plazierte, um, wie sie ankündigte, ein Photo von mir zu schießen, fürchtete ich, das Bild entstehe um den Preis des Todes. Ich sah mich bereits gerahmt an der Wand hängen, erstarrt, leblos, für immer verstummt. Für den Gegenwert eines handlichen

Bildes wollte sie mich umbringen. Kreischend rannte ich weg, die Nachbarn starrten aus den Fenstern, Oma schüttelte sich vor Lachen. Obwohl ich zitterte vor Angst, zwangen die beiden mich kichernd, stehenzubleiben und zu lächeln. Beim Durchblättern der Alben frage ich mich vergeblich, welches Photo diesem Ereignis zu verdanken ist.

Vieles, was aus der Kinderzeit nachschwingt, können die Bilder nicht wiedergeben: den Nachthimmel an Heiligabend, das Glockenläuten frühmorgens, die müden Hymnen beim Hochamt, den säuerlichen Dunst verfaulender Birnen und Äpfel in zertretenen Septemberwiesen, das träge Herumsitzen in der überhitzten hinteren Stube, den Blick aus der Küche auf die gefrorenen Beete, die Einsilbigkeit der täglichen Reden beim Morgen-, Mittag- und Abendessen, die Blechmusik aus dem Radiokasten, das nächtliche Heulen der Eulen vom Klosterpark herüber, Omas Bettgeruch, Pfarrers Wundergeschichten und Mamas Erzählungen von Dorfhexen, die den bösen Blick besitzen – all das überliefern die Photographien nicht. Man will mit ihnen die Zeit festhalten und fängt dabei das Wesentliche nicht ein: jene lautlose Musik der Seele, die unmerklich und doch stetig die Erinnerungen prägt.

Dazu gehören auch die leuchtenden Namen von Gegenden und Orten, deren göttlichschöne Wirklichkeit der bloße Klang der Worte verbürgte.

Nie hatte ich als Kind das Markgräflerland oder Savoyen gesehen. Aber diese Namen sagten mir, daß es in der Welt immer blühende, endlos weite, von milder Sonne beschienene Gärten gibt, die nicht von Wäldern oder Hügeln oder bleischweren Wolken eingeschnürt sind. Sie deuteten auf irdische Paradiese hin, die es jenseits unserer eintönigen Flußwiesen geben mußte. Allen Namen voran klang derjenige Mailands am hellsten, weil er von einer grünenden Weltlandschaft kündete, die von dauerhaftem Himmelsblau durchflutet sein mußte.

Abends im Garten glaubt man für Augenblicke, es sei wie früher: der feuchte Gärgeruch vom Silo herüber, das Grunzen der Schweine, das wie von weit her klingende Kettengeklirr aus den Kuhställen, die unruhig auf und nieder fliegenden Schwalben, die schilpenden Spatzen auf den Stromdrähten und das Angelusläuten lassen scheinbar die Zeit stillstehen. Immer noch schlurfen ein paar schwarzgekleidete alte Weiber mit dem Rosenkranz in der Hand zur Andacht wie Oma damals, die immer dunkel, gleichsam zeitlos angezogen war und es, wie alle hier, vermieden hat, ihre Haut auszustellen.

Im Dunkeln gehen wir auf weiten Umwegen durch die Gassen hinaus zum Gottesacker, an rot beleuchteten Ställen und am alten Klostergarten vorbei, in dem längst keine Eulen mehr in die Nachtstille hinausrufen. Vom Dorfrand aus sieht man im Mondlicht zwischen Wiesen und Äckern die Friedhofsmauern aufragen. Die abgelegene Ruhestätte wirkt, als wollten die Lebenden ihre Toten im sicheren Abseits verbergen. In der Abgeschiedenheit achtet man, anders als zwischen den Häusern, genauer auf alle Geräusche: Ein kaum merklicher Windhauch weht in den Blättern der Pappeln, die das Kriegerdenkmal säumen, und die vereinzelten Vogellaute hören sich, anders als im Dorf, wie absichtsvolles Flehen an. Soweit ich zurückdenken kann, quietscht das gußeiserne Friedhofsportal. Hinter dem Eingang ragt zur Linken eine verfallene, von niemandem gepflegte Familiengruft hoch, eine Tumba wie aus dem Père-Lachaise, mit Säulen und Steintafeln, deren Inschriften durch die Verwitterung längst unleserlich geworden sind. Unter dem nachtblauen Himmel sieht dieses Monument noch monströser aus als bei Tag. Ein paar Gräberreihen weiter steht eine Gestalt an einem frischen Grab und redet auf jemanden ein, der nicht mehr antworten kann. Es ist ein älterer Mann, der greint und grollt und uns in seinem Kummer nicht bemerkt. Mehrmals entfernt er sich und kommt wieder zurück und geht unentschlossen hin und her, als könne er sich zwischen Gehen und Bleiben nicht entscheiden. Schließlich zieht er das knarrende Friedhofstor hinter sich zu, um nach einer Weile noch einmal zurückzukehren und sich vor den aufgehäuften Kränzen und Blumengebinden auszuweinen.

In einer hinteren Ecke, neben dem Komposthaufen und dem Brunnen mit den Gießkannen, stehen schlichte Holzkreuze mit bescheidenen Schiefertafeln. Die gleichförmigen Gräber sind von Immergrün überwuchert. Es sind die letzten Stätten von solchen, die beim Sterben keine Angehörigen mehr hatten. Während die massigen Grabsteine, Gedenktafeln und prunkenden Gruften von der Wichtigkeit dieser Toten künden wollen, erzählen die kargen Gräber von einer Einsamkeit, der kein Sinn abzuringen ist.

Auf dem Heimweg gehe ich mit Holofernes in eine der beiden Kneipen, die von jenem halben Dutzend aus meiner Kinderzeit noch überlebt haben. Wie von alters her angewachsen, sitzen Mannsbilder mit haarigen Pranken am trüb beleuchteten Stammtisch. Jeder von ihnen trägt entweder einen Vollbart oder einen borstigen Schnauzer oder breite Koteletten, die an die Mundwinkel reichen. Über dem Tresen prangt ein Hirschgeweih, Plastikblumen zieren die Ablage des Zapfhahns, und neben dem Kruzifix hängen gerahmte Photos: ein abgetakelter Schlagerstar, der vor Jahren beim Blasmusikfest im Bierzelt aufgetreten ist, bunte Wagen vom Faschingsumzug, der

Landrat beim Faßanstich, der Musikverein, der Schützenverein, der Kegelclub und eine Vitrine mit Aufnahmen, Wimpeln und Pokalen von der Fußballmannschaft. Vor dem Zapfhahn baumelt eine Tafel mit zehn Wirtshaus-Geboten, die witzig gemeint und schlüpfrig sind. Wir setzen uns in eine Ecke und reden so leise, als gäbe es etwas zu verbergen. Ungezwungen fühlen wir uns hier nicht, eher wie Spione bei volkskundlichen Studien. Vom Stammtisch tönen Stummelsätze herüber. Der Wirt steht schweigend hinter dem Tresen und zündet sich eine Zigarette mit der anderen an. Einer der felsigen Leiber winkt uns an den runden Tisch: »Setzt euch hierher, wenn es den Herren genehm ist.« Wir folgen. Wir stoßen an. Man hat mich als Sohn von der kranken Hilde erkannt.

Nach einer stummen Weile frage ich, ob es den alten Müller noch gebe. Nein, heißt es, er sei vor ein paar Jahren gestorben. Als Kind war ich entsetzt, als ich erfuhr, daß auch er mit diesen Säufern am Stammtisch sitzt. In meinen Augen verlor er von da an seine Würde. Zuvor fürchtete ich ihn wie sonst keinen einzigen Menschen. Immer, wenn das Kind nicht gehorchte, drohten Mutter und Oma, ihn zu rufen. Der Müller: Das war eine gottgleiche Instanz. »Den Müller holen« bedeutete: ins Gefängnis kommen. Selbst wenn er nicht in seinem dunkelgrünen Anzug, sondern in grauer Sonntagskleidung oder in Sandalen und kurzen Hosen durch die Gassen spazierte, war er für mich der gewaltigste Mann im ganzen Land. Wenn ich ihn von weitem sah, fühlte ich mich sofort schuldig, ohne zu wissen, warum. Doch Gründe ließen sich mühelos finden. Das allgegenwärtige Gefühl, etwas verbrochen zu haben, konnte man jederzeit dingfest machen.

Mit dieser einzigen Nachricht, Müller sitze neben meinem immerzu fluchenden Onkel Dolf und all den anderen Krakeelern regelmäßig im Wirtshaus, brach für mich eine Welt zusammen. Wer sich mit denen, die er gegebenenfalls bestrafen muß, gemein macht, durfte nicht länger als Inbegriff der unbestechlichen Gerechtigkeit gelten. Später erfuhr ich, daß er nur eine Stellvertreterfigur war, die wichtige Entscheidungen den Kollegen in der Stadt überließ. Müller füllte Papiere aus und war vor allem eine Telefoninstanz, vor der außer mir keiner Angst hatte. Nach seiner Pensionierung wählte man bei Unfällen und Einbrüchen eine dreistellige Nummer, woraufhin unbekannte Beamte aus der Kreisstadt erschienen. Die Macht wurde namenlos und tauchte in immer anderen Gestalten auf.

Einer am Tisch bemerkt, der Müller habe eine schöne Leich gehabt, eine solche wie früher, als man nach der Beerdigung im *Löwen*-Saal zum Essen und Trinken zusammenkam. Die Blasmusikanten und der Kirchenchor seien dabeigewesen, und man sei bis weit nach Mitternacht beieinandergesessen. Gegen Ende habe man noch lustige Lieder gesungen und sich den Müller zum Schunkeln herbeigewünscht.

Schon Oma behauptete, im *Löwen* seien die Leichenschmäuse zu vorgerückter Stunde von Hochzeitsfeiern schwer zu unterscheiden gewesen. Seit Jahren ist die alte Brauereiwirtschaft geschlossen, das holzgeschnitzte Portal mit nackten Brettern verrammelt und das einst darin beherbergte Postamt in einen Neubau an den Dorfrand verlegt. In diesem Saal, dessen Dielen knarrten und in dem ein ausgeleierter Flügel stand, fanden ein paar Mal im Jahr Tanzabende mit der hiesigen Dorfcombo statt, die sich *Klein-Paris* getauft hatte, und in jedem Frühjahr stellte man zwischen den Tischen einen Laufsteg auf, um von den Dorfschönen die neueste Kollektion der Landwirtschafts-Genossenschaft präsentieren zu lassen: Latzhosen, Gummistiefel, Röcke, Blusen und Hüte. Auf den hinteren Bänken saßen all die Mannsbilder, die gekommen waren, um zu gaffen, und über ihre immer gleichen Witze lachten.

Alle paar Monate zeigte der Pfarrer dort Dias von Missionsstationen, Aufnahmen aus Neuguinea, Indonesien oder den Philippinen, oder er führte Filme vor, nachgespielte Marienerscheinungen von berühmten Wallfahrtsorten, aber auch *Die zehn Gebote*, *Spartakus* und *Ben Hur*, belebte Historiengemälde mit gefurchten Patriarchengesichtern, mit Helden, die in heiligem Eifer das, was getan werden mußte, vollbrachten. Wir glaubten, all das habe sich damals genauso wie auf der Leinwand zugetragen.

Jeden Sommer gastierte hier eine Gauklertruppe, drei oder vier junge Leute, die mit wenigen Brettern und Tüchern eine Bühne bastelten, sich als Hanswurste verkleideten, mit schwarzen Brillen und falschen Bärten, in geflickten Fetzenkleidern und übergroßen Schuhen herumstolperten, zu Ziehharmonikamusik mißglückte Pirouetten schlugen, sich gegenseitig ohrfeigten und klägliche Späße vorführten. Mama sagte immer: »Das ist nur dummes Zeug« und kicherte trotzdem.

Seit der *Löwen* nicht mehr bewirtschaftet werde, sagt einer am Stammtisch, könne man die Beerdigungen vergessen. Überhaupt sei nichts mehr geboten im Dorf, man sitze entweder zu Hause vor dem Fernseher oder treffe sich, ein kleines Häufchen, hier im *Adler*. Der Wirt zündet sich immer noch eine Zigarette um die andere an, nickt und sagt den ganzen Abend kein einziges Wort.

Ob derjenige, den ich unter anderen Umständen Vater nennen dürfte, diesen Mannsbildern aus unserem Dorf geglichen und wie sie beim klackenden Anstoßen der

Bierhumpen schlüpfrige Witze gerissen hat, weiß ich nicht. Mutter behauptet, er sei beliebt gewesen und regelmäßig im Wirtshaus gesessen. Als dumpfen Rechthaber und Stammtischhelden mag ich ihn mir nicht vorstellen und hoffe, daß er zu den Nachdenklicheren gehörte. Wahrscheinlicher ist, daß er wie die meisten hier krächzend und krampfhaft über dämliche Zoten lachte und mit eindeutigen Meinungen auftrumpfte. Doch all diese Gedankenspiele laufen ins Leere.

Am Telefon sagt Mutter, heut gehe es ihr besser, ich solle mich nicht sorgen, es sei lediglich eine Frage der Zeit, bis sie nach Hause dürfe und sich um den Garten kümmern könne, ich brauche mich nicht verpflichtet fühlen zu kommen, die Krankenschwester habe ihr eine Zeitung gebracht, wir sollten uns einen schönen Tag machen, anstatt bei ihr im Krankenzimmer herumzusitzen. »Kopf hoch!« ruft sie mir durch den Hörer zu, als ginge es nicht um ihr Leben, sondern um das meine.

Mit Holofernes durchstöbere ich den Schuppen hinter dem Garten, in dem früher der kleine Hühnerstall untergebracht war. Stroh und Legestatt sind noch da und auch die Hühnerleiter. Unter dem Dach sind, seit Jahren unberührt, neben geschnürten Reisigbündeln, laubdünnen Spachteln, einem Haufen Briketts und Eierkohlen, sorgfältig reihenweise Holzscheite gestapelt. Mittendrin prangt jener Holzpflock mit dem eingerammten Beil, der früher im Hof stand und auf dem Oma den Hühnern die Köpfe abhackte. Deren Rumpf flog bluttriefend, panisch flatternd noch zwei Runden umher, während das winzige Haupt bereits reglos auf dem Boden lag. Omas klapperiges Fahrrad, das schwerer und größer als die heutigen aussieht, lehnt an der bröckeligen Wand, daneben ihr Grabkreuz mit schwarzer Schleife, der Schlitten, der

Handkarren, Vasen, Kübel und rostige Gartenwerkzeuge, Spaten, Rechen, Hacken, Schippen, alles säuberlich geordnet, der Raum mit Spinnweben geschmückt, die im Morgenlicht glänzen, das durch die schmale Dachluke fällt. Reste eines Landlebens ruhen hier, schön anzusehen und nutzlos geworden. Die geflochtenen Körbe, Steinkrüge, Töpfe und Gerätschaften stehen da, als habe man sie vergessen, wie übriggeblieben aus einer fernen Vergangenheit, aber auch als seien sie für einen späteren Gebrauch, für eine wiederkehrende Zeit aufgehoben.

Doch das, was Heimat ist, Heimat sein könnte, hat sich zu einem Begriff entleert, der eher einem Wissen als einem Gefühl, eher einer Ortsbezeichnung als einer Sehnsucht entspricht. Dieses Wort bezieht sich auf eine Gegend, die auf Landkarten eingezeichnet ist. Ein Flecken, den man meidet, kann nicht Heimat genannt werden, außer man deutete auch die Abwehr als eine gefühlsstarke Gestalt der Verbundenheit. Vor wenigen Jahren zeigte ein Fernsehsender zum Programmschluß Bilder von Bauernhäusern, Zwiebeltürmen, Feldkreuzen, Tannenwäldern und Wiesen mit Kühen, zu denen volkstümliche Weisen oder Rokoko-Menuette erklangen, die zeigen sollten, wie anheimelnd, friedlich und heiter das Landleben ist. In meinen Ohren dröhnte beim Anblick dieser Photogemälde beckenschlagende Zeltmusik, und ich spürte körperlich jene bierdunstige Nestwärme, die am Stammtisch in Bösartigkeit umschlägt, wenn einer sich nicht so verhält, wie man es von allen erwartet.

Nur ein flüchtiger Blick erlebt die Dörfer als erträglich. Noch vor zwanzig Jahren ergab sich ihr innerer Friede aus dem Zwang, ein Lebtag lang auf engem Raum miteinander auskommen zu müssen. Diese Aussicht gebiert noch heute eine verkrampfte Harmonie, auch wenn die Jüngeren, die auswärts arbeiten, auf die Notgemeinschaft weniger angewiesen sind. Dafür nimmt die Langeweile zu. Auch die Vereine können die tristen Abende und Wochenenden nicht verhindern. Edward Hoppers Einsamkeitsbilder spiegeln das heutige Landleben eher als jene altfränkischen Idyllen, die über dem Sofa in den Wohnstuben hängen und die Feldarbeit feiern. Die guten Zeiten, in denen es nach Zichorienkaffee roch und eine sinnstiftende Ewigkeit den Horizont umschloß, haben nie existiert und sind endgültig vorüber.

Seit die Hühner in Batterien gepfercht sind, die Viehhaltung industrialisiert und das Dorf zum Schlafplatz verkommen ist, fahren die Jungen mit Mopeds und Motorrädern ziellos zwischen den Weilern und ihren Kneipen umher. Beim Gang durch die Gassen sieht man abends durch die erleuchteten Fenster auf ihre Schlafzimmerwände, die mit den Insignien der mondänen und mobilen Welt behängt sind. Das erregende Leben, das fremd bleibt und fern, blickt über den Betten herab von den Postern.

Dennoch gibt es flüchtige Bilder von Heimat: den nachtblauen Sternenhimmel, die trägen Wintertage in der hinteren Stube, das Dämmerlicht draußen, wenn stundenlanges Schneegeflimmer die Grenze zwischen den Gärten, Dächern und dem Himmel auflöste, die Apfelkisten im oberen Flur, die Flaschen mit dem selbstgemachten Johannisbeersaft in den wackeligen Kellerregalen, die Eisblumen am morgendlichen Abortfenster, die Krokusse und Narzissen im Frühlingsgarten, die sommerlichen Kletterrosen, der tägliche Krach der Düsenjäger, Nachbars dösender Dackel, die Lehmnester der Schwalben unter dem Dachgesims, die glockenhellen Marienlieder während der Maiandachten: *Meerstern, ich dich grüße*; *Muttergottes, wir rufen zu dir*, die Lerchen über den Äkkern im Sturzflug, die leuchtenden Klatschmohnfelder, die Feuerwehrübungen in der Klosterruine, die violetten Herbsthimmel, die rot leuchtenden Berberitzen, die rostbraunen Weidenstauden, der Efeu an Nachbars Schuppen, die abgeräumten Beete, die stiller werdenden Gassen.

Zur Heimat gehörten das ganze Jahr über: die Glokkenseile in der Kapelle, am einen Strang der Mesner, am andern einer von uns Ministranten, das knirschende Kirchenportal, die zitternden Hände des Pfarrers, die Hostien mit der Kreuzkerbung, der Weihrauchduft, die wehende Wäsche im Garten, die schmalen, länglichen Beete, der Küchenherd mit dem Wasserkessel, dem Blasebalg und dem Feuerhaken, mit den löchrigen Löffeln zum Rühren und Wenden, mit Hack- und Wiegemesser, Spicknadel und Salathobel, die Milchsuppe mit Zimt und Zucker, die Dampfnudeln am Freitag, die Badewanne am Samstag, das Hochamt am Sonntag, die Dorfschwester beim Schneiden von Omas Hühneraugen, die immer wieder aus dem Radio dröhnende Blechmusik, die ausgestopften Vögel beim dreifingerigen Onkel, die Flüche von Onkel Dolf, die rotbackigen Bauernbuben, die brüllenden Väter in Gummistiefeln.

Heimat war: der Adventskalender, der heilige Nikolaus und Knecht Ruprecht, die Krippe mit dem Jesuskind, den Eseln und den Schafen, der Christbaum mit den Kerzen und Kugeln, die gesungene Herbergssuche: *Wer klopfet an? – Zwei arme Leut!*, die Bescherung, Onkel Dolfs Leuchtkugeln und Sylvesterkracher, die Sternsinger mit dem Mohren, das Funkenfeuer mit der lodernden Hexe, der Blasiussegen, die Fastnachtswagen, der Aschermittwoch, die Kerzen um den Hals, die Asche aufs Haupt, *Gedenke, oh Mensch, daß du aus Staub bist,* die Fastenzeit, die Kreuzwegandachten, das Rosenkranzbeten, der Palmsonntag, der Gründonnerstag, die Fußwaschung, der Karfreitag, die verschleierten Gemälde in der Kirche, die klappernden Ratschen, die Ministranten in schwarzen Socken ohne Schuhe, der Kuß auf die durchnagelten Füße des Heilands, die verstummte Orgel, die gesungene Passionsgeschichte mit dem angetrunkenen Küfer als Evangelisten, die Großen Fürbitten, *Beuget die Knie, erhebet Euch*, die erlösenden Glocken vor der Mitternachtsmette, ein Lichtermeer aus Kerzen, das endlich wieder aufbrausende Dröhnen der Orgel, die entschleierten Bilder, die wiedergefundenen Farben, das Hochamt, Händels *Hallelujah*, die Biskuitschafe mit Anis, das Ostereiersuchen, der Weiße Sonntag, der Maibaum und schließlich Pfingsten, die Fronleichnamsprozession, der himmelblaue Baldachin, der Blumenteppich, die Fluraltäre, das Musikvereinsfest, Kreuzerhöhung, Mariä Himmelfahrt, der Altar mit Früchten und Ähren beim Erntedankfest, die sich färbenden Blätter auf dem Schulweg, Allerheiligen und Allerseelen, wieder die Blaskapelle, diesmal vor dem Kriegerdenkmal, *Ich hatt' einen Kameraden*, Kinder, die mit den Füßen im Kies scharren, die im Wind flackernden Totenlichter, die bunten Lampions bei Martini und endlich wieder der Adventskalender.

Heimat war: die Erstkommunion und die Firmung, war jene Zeit, als der Pfarrer von der Kanzel herab wie ein Dämon gestikulierte und mit dem Rücken zu den Gläubigen die Messe lateinisch zelebrierte, als man jeden Samstag zum Beichten gehen und danach fünf *Gegrüßet seist du Maria* und drei *Vaterunser* beten und anschließend daheim beim Hausputz und beim Straßenkehren helfen mußte.

Heimat war: das holperige Gedichteaufsagen an Omas Namenstag, das Alleinsein zu dritt nach den häuslichen Feiern und Festen, das Aufatmen von Mutter und Oma, nachdem die Verwandtschaft aufgebrochen und Ruhe einkehrt war, als die Wurst- und Kuchenplatten abgetragen, der lange Tisch eingezogen, der Eierlikör wieder für lange Zeit im hinteren Winkel der Vitrine versteckt und das bessere Geschirr, die Teller mit Goldrand, die teuren Terrinen, die verschnörkelten Gläser und Tassen und das silberne Besteck vorsichtig verpackt und in den unteren Schubladen der Kommode begraben wurden.

Heimat war: der Hof und Heustadel und Kuhstall von Onkel Dolf, seine knarrende, rostige Gerätewelt, die aus Stangen, Streben, Achsen und Ketten verzahnten Eggen, Pflüge, Walzen, Häcksler, war sein ständiges Befehlen und Rechthaben vom Mähdrescher und Traktor herab, sein besoffenes Gelalle, sein bronchitisches Lachen, seine wässerigen Augen.

Bei ihm durften wir im Fernsehen die Beerdigung von Adenauer und die erste Mondlandung anschauen, und er wußte alles besser und übertönte ständig mit seinen Kommentaren die Stimme des Reporters. Wenn es im Dorf brannte, wußte er, wie man hätte schneller löschen, wenn beim Nachbarn ein Vieh verreckte, wußte er, wie man es hätte retten, wenn anderer Leute Kinder aufgefallen waren, daß man sie öfter hätte schlagen müssen. Mit der Zigarette im Mundwinkel belehrte er alle ungefragt und schneuzte zwischendrin in die Hand und schmierte den Rotz an der Hose ab. Nur vor sogenannten Respektspersonen, dem Arzt, dem Dorflehrer und dem Pfarrer, brachte er keine zwei Sätze zusammen und stotterte wie sein tuckernder Traktor. Seinem Sohn brachte er bei, wie man die Spatzen auf den Stromdrähten abschießt und im Hühnerstall mit der Mistgabel frischgeborene Mäuse, die sich im Stroh verstecken, ersticht. Onkel Dolf redete nicht, sondern bellte, und sein Weib äffte das Gekläffe wie ein blechernes Echo nach. Die beiden mochten sich nicht und paßten trotzdem zusammen. Allgemein galt damals die Ansicht als Hirngespinst, die Liebe gehöre zu den Voraussetzungen einer Ehe. Das Leben mußte man nicht für schön befinden, sondern bewerkstelligen.

Wenn Onkel Dolf nicht im Wirtshaus saß, verbrachte er mit ihr die Abende vor dem Fernseher, wo es sich die beiden mit endlosen Vespereien, mit Keksen, Wurstbroten und Bierstangen gutgehen ließen. Auch wenn sie miteinander stritten, hatten sie gewaltigen Appetit. Gästen war es verboten, sich der pausenlosen Speisung zu verweigern, und bei jedem Bissen mußten die Beschenkten und Gedrängten die delikaten Happen loben. »Wer viel ißt, ist gesund«, beteuerten die beiden unentwegt. Auf den Regalen und in den Vitrinen standen Vögel aus Porzellan, Tauben, Amseln, Drosseln, Schwalben, all jene Wesen, die als lebendige dem Onkel und meinem Vetter als Zielscheiben dienten.

Über dem Sofa prangte ein Bild mit einem Palmenstrand, mit gischtenden Wellen und einem tiefblauen Horizont, an dem Himmel und Meer ineinanderfließen. Eine gewisse Tante Frieda, die in den dreißiger Jahren nach Amerika ausgewandert war, galt als eigen, weil sie in Übersee ihr Glück gesucht hat. Die endgültige Abreise verzieh man ihr nie, obwohl die Verwandten auch ein bißchen stolz auf sie waren. Jedes Jahr zu Weihnachten schrieb sie Ansichtskarten, auf denen Wolkenkratzer, rote Felsschluchten oder urwaldartige Flußlandschaften zu sehen waren. Obwohl in Onkel Dolfs Stube ein Südsee-Gemälde hing, wollte er nicht begreifen, wie man das Dorf für immer verlassen konnte. »Man versteht nicht einmal, wie die da drüben reden«, spottete er, wenn man auf Tante Frieda zu sprechen kam. »Zu Hause gibt es alles, was man braucht«, frohlockte er und verwies mit großen Gesten auf seinen überladenen Freßtisch zwischen dem Fernseher und dem Sofa.

Als er vor zwei Jahren die hinteren Traktorräder aufpumpte, platzte ein Reifen. Wenige Tage später starb er an inneren Verletzungen. Jahrelang prophezeite der Arzt ihm, er werde an den Lastern des Gaumens sterben. Hintenherum lachte Onkel Dolf schallend über diese Prognose.

Bei sonntäglichen Waldspaziergängen kletterte er mit uns Kindern auf die Jägerstände, von denen aus man bei Föhn die Alpen sehen konnte. Jedesmal schrie Mutter zappelnd zu mir hoch: »Komm sofort herab, sonst fällst du herunter.« Onkel Dolf hielt mich dann kopfüber, als wollte er mich fallen lassen, um ihre Hysterie zu genießen. Erst vor wenigen Tagen bemerkte Mutter, mit Kindern sei es am schönsten, solange sie noch nicht laufen könnten.

Als wir einmal im Frühjahr mit den Rädern auf der Böschungsstraße zwischen den überschwemmten Flußwiesen ins benachbarte Dorf fuhren, ängstigte ich mich weit mehr als sie. Zur Linken und Rechten waren die Viehweiden von Hochwasser überschwemmt, und grauschwarze Wolken hingen in das Land herab. Obwohl Mutter bei anderen Gelegenheiten immer wieder sagte, Wasser habe keine Balken, ruderte sie gelassen auf ihren Pedalen und freute sich an der verwandelten Welt, während das Kind sich zitternd auf dem Rad verkrampfte und mit stierem Blick geradeaus auf den Asphalt und ihren Rücken starrte. Von Augenblick zu Augenblick sah es sich in den Abgründen dieses ländlichen Meeres versinken.

Doch die meisten Kindheitserinnerungen offenbaren eine leuchtende Natur, wolkenlose Sommerhimmel und ein sternenbedecktes Firmament, als sei unsere abgezirkelte Welt damals noch anheimelnd gewesen. Obwohl schreiende Väter, bucklige Alte, krumme Knechte, störrische Bauerngrinder, aufgedunsene Bäuerinnen und bigotte Weiber das Dorfleben prägten, erscheint die verschwimmende Vergangenheit in einem milden Licht. Die gerupften Hühner, das erbärmliche Kreischen der Schweine vor dem Schlachten, die blutige Schürze des Metzgers und die vergifteten Ratten im Keller gehören auch zu dieser Welt, aber diese Bilder erstarren im Nachhinein zu einem Stilleben, das alle Gewalt in Frieden verwandelt. Wie die Bussarde und Eulen in Onkel Karls Flur finden die Wesen ihre Ruhe erst dann, wenn sich nichts mehr ändern kann und ihre Wirklichkeit vollendet ist.

Ich fahre mit Holofernes übers Land, durch die Dörfer, vorbei an den Sparkassen und Mehrzweckhallen, die sich alle ähneln, vorbei an klobigen Zweifamilienhäusern und abgeschirmten Gärten, an plangeschorenen Hecken und schmiedeeisernen Toren, an Kirchen und Getränkemärkten, an Kleewiesen und solchen mit Lupinen, an Weizen-, Raps- und Maisfeldern, an Buschinseln, Eschen und Eichen, an Waldstücken, niedrigem Gehölz, an Buchen und Tannen, an Geräteschuppen, an Baggerseen mit Kieshügeln, an wildwuchernden Flecken mit blühenden Gräsern, an Bächen mit Pappeln, Sträuchern und Birken, an knorzigen Obstbäumen, an ummäuerten Gehöften, an Feldmaschinen, Pflügen, Mistwagen, Güllenfässern, Heuladern, an Bahnübergängen mit Ampeln und Schranken, an verrosteten Brücken, an moosigen Tümpeln, an aschigen Müllhalden mit bunten Büchsen, an Pferdekoppeln, an zerfallenen Schuppen, an Feldkreuzen, Bildstökken, an Baumschulen und Gärtnereien und Erikafeldern, an Lagerhallen, Schrottplätzen, Werkstätten, Tankstellen, Blechbauten, Hängegärten, an Grabsteinmodellen, an Supermärkten und wieder an rostbraun verputzten Sparkassen, an Dorfbrunnen, an alten Häusern mit Efeuranken, an überbordenden Gärten mit Magnolien und Forsythien, an Holzfässern und Steintrögen mit Kübelpflanzen und wieder an gewellten Wiesen und Weilern vorbei, mit Blick auf Kirchtürme, die auf Dörfer hindeuten. Die von titanischen Eisengestängen gestützten Stromleitungen, die sich weithin über Äcker und Felder schwingen, überkreuzen sich und weisen zum Horizont hinab und fügen der unebenen Natur eine weithin sichtbare Ordnung hinzu.

Wunschbilder von Heimat vermitteln die begradigten Straßen, die renovierten Häuser und Neubauten nirgends. Allenfalls der Himmel und das Frühlingsgrün, die Obstgärten und Wiesen, die aus hügeligen Wäldern schimmernden Kalkfelsen, unterhalb deren sich unser noch schmaler Fluß dahinschlängelt, erinnern, wenn man die Augen halb schließt, an Landschaftsausschnitte, die zur Kulisse einer märchenhaften Kindheit passen. Doch ohne Sinn für das natürliche Licht und die Farben der geschwungenen Felder bauen die Hiesigen gedrungene Vierecksbauten mit engen Fenstern nebeneinander, die eher tristen Verschanzungen als Wohnstätten gleichen und von wuchtigen Gemäuern und hohen Hecken abgeschirmt werden.

Einige Orte wirken beim Durchfahren behaglich, und mancher Landgasthof sieht einladend aus, hält aber selten, was er von außen verspricht. Die Fassaden mit den Klappläden, Butzenscheiben, überdachten Treppenbauten und den Wald- und Flurnamen, *Hirschen, Rössle, Adler, Traube*, stehen da, als habe man sie aus schöneren Zeiten in die nüchterne Gegenwart herübergerettet. Doch der Alte mit seinen schläfrigen Hunden hat recht: Es ist nichts mehr, wie es war. Dabei war diese verschwundene Welt niemals so, wie die Erinnerung sie sich erdichtet.

Von weitem sehen wir, als stünde sie in einer von Wäldern eingefaßten Ebene allein, als ein stilles Ereignis, das nur der Natur anzugehören scheint, jene strahlend weiße Lichtgestalt, die man weithin als die schönste Dorfkirche der Welt preist. Aus der Ferne leuchtet ihr schlanker Turm inmitten allseitigen Grüns. Beim Näherkommen wirkt das zwischen Bäumen aufragende Bauwerk mit den geschweiften Giebeln bescheiden und schlicht. Obwohl bereits die ersten Dächer der dazugehörigen Ortschaft sichtbar sind, sieht die Kirche aus, als sei sie wie zufällig hierher versetzt, als stünde sie, wie aus den Lüften herniedergelassen, einsam auf einem unsichtbaren, ihr nur vorübergehend geliehenen Sockel. Sie ist von renovierten Bauernhöfen und Häusern umgeben, die den eintönigen der anderen Ortschaften gleichen. Die Souvenirläden und die beiden mit Geranienkästen überwucherten Gasthäuser sind geschlossen. Weite Parkflächen warten auf Pilgerbusse, die am heutigen Ruhetag ausbleiben.

Warum gerade hier eine solche Kirche erbaut wurde, ist rätselhaft. Über ihrem Portal leuchtet ein Regenbogen, auf dem die Engel zur Erde herabsteigen. Im Kindergarten erzählte uns Schwester Agathemaris, er habe dem Herrgott bei der Erschaffung der Welt zum Bemalen der Vögel gedient. Drinnen, unter der Deckenwölbung, verwandelt sich das Kirchenschiff in eine selige Weltlandschaft, die, vom durchsichtigen Blau des Himmels getränkt, die Erde als einen von Lilien und Zedern gesäumten Garten preist. In den stuckierten Blütengehängen der Fenster sitzen Wiedehopf, Buntspecht und Elster, Füchse und Eichhörnchen, Heuschrecken und Spinnen, Käfer und Fliegen. Von den Kapitellen blöken Schafsböcke herab, die noch in ihrer Fratzenhaftigkeit die Schöpfung rühmen. Eine sündlos schöne Welt leuchtet den Augen entgegen, grundanders als in den gruftigen, mystisch-dunklen Kirchen mit ihren apokalyptischen Gemälden. Nirgends gemahnen Speere und

Lanzen an die wollüstig-selbstzerstörerischen Leidensekstasen der Märtyrer, an die erhabenen Schrecken des Jüngsten Gerichts. In diesem Lichtgewölbe fehlen die andernorts allgegenwärtigen Ausgeburten des Bösen. Und weder die Tiere noch die Blumen verkommen zu bloßen Allegorien, um lediglich als irdischer Vorschein einer jenseitigen Friedenswelt zu dienen. Sie sind das Sinnbild ihrer selbst, und ihre sichtbare Gegenwart ist Grund zur Freude genug. Diese leuchtende Kirche verherrlicht jene Erde, die der hiesige Glaube weit öfter als Sündenpfuhl schmäht.

In dem kleinen Petersdom bei uns zu Hause starrt man dagegen von allen Seiten auf düster blickende, bärtige Propheten. Hinter dem Altar prangt ein grobgemeißeltes Kreuzweg-Relief, in den Seitenkapellen drohen Schrekkensvisionen des Jüngsten Gerichts: schmerzverzerrte Gestalten liegen dem Herrn zu Füßen, Heerscharen von Heiligen kämpfen hoch zu Roß gegen züngelnde Schlangen, gegen bocksbeinige Teufel und gegen feuerspeiende Drachen.

Einem Strudel gleich, der alles, was ihm naht, ins Abgründige zieht, kreisten die Predigten unseres Pfarrers unentwegt um die letzten Dinge, um den Anfang und das Ende der Welt, um Himmel und Hölle, Heil und Verdammnis, Tod und Satan und all das Unfaßbare, das nicht nur Kinderseelen erregt. Bevor wir mit schlichten Fragen beginnen durften, wurde unser Geist mit dem Äußersten aufgewühlt. Dringlicher als der Blick in die irdische Welt dünkte dem Pfarrer die Einweihung ins außerweltliche Leben. An der Glut des göttlichen Flammengerichts mußte unser aufkeimendes Denken sich vor allem anderen entzünden, und unsere Seele mußte sich von Anfang an auf das Wehgeschrei der Verstoßenen einstimmen und alles Alltägliche in den Fluten des Jenseits ertränken. Der

Ewigkeitsblickwinkel beherrschte seit den Erzählstunden im Kindergarten unsere Einbildungskraft, und ehe wir uns um das Naheliegende sorgen durften, mußte der Geist Äonen umklammern, als verlaufe vom Allerhöchsten zum Allerkleinsten die einzig sinnstiftende Erkenntnisbahn. Die Jenseitsberichte des Pfarrers erhitzten unsere kindliche Phantasie, und wir gierten danach, alles, was er erzählte, noch genauer zu erforschen, alle Falten der göttlichen Geheimnisse noch gründlicher zu durchleuchten, die skizzierten Gemälde bis in die winzigsten Einzelheiten zu vervollkommnen, nichts im Ungefähren, nichts im Offenen, nichts im Trüben zu belassen, um akkurat zu erfahren, wo die ungetauften Kinder hinkommen, was zwischen dem Tod und dem Tag der Zähren geschieht, warum das Böse existiert, warum es die Erbsünde gibt, wie die Heilige Dreifaltigkeit sich in ihrem Innersten unterscheidet, wie Gottvater, der Sohn und der Heilige Geist aussehen, was der eine vollbringt, was der andere unterläßt, in welcher Gestalt wir vor den Richterstuhl treten, ob im alten Leib, ob in einem neuen, ob bekleidet oder nackt, ob wir uns wiedererkennen und anfassen oder nur als unsichtbare Wesen miteinander sprechen können, wo sich Vorhölle, Fegefeuer und Himmel befinden, wie groß, wie weit, wie übersichtlich, wie heiß, wie lau, wie sommerlich die Ewigkeit ist, wie die Uhren dort oben gehen, wie man die Jahre in der Unendlichkeit zählt, wie man sich die Räume in der grenzenlosen Weite, die Tage und Nächte und den zeitlos gleitenden Gang der Stunden vorzustellen hat. Stets wußte der Pfarrer eine Antwort und freute sich auf jede weitere Frage. Vom himmlischen Frohlocken und vom höllischen Zähneknirschen entwarf er derart eindrucksvolle Bilder, daß man hätte meinen können, er habe diese Ewigkeiten bereits durchlebt.

Bevor wir je das Dorf verlassen, die benachbarten Weiler, die Leute über dem Fluß und jenseits der eigenen Felder gesehen hatten, war uns das dreistufige Universum, war uns die obere, die irdische und die untere Welt zuinnerst vertraut. Monumentale Fresken mit satten Farben überwucherten unsere täglichen Gedanken, füllten die offenen Weiten im kindlichen Gehirn und bevölkerten den Äther mit Engeln, Teufeln, Schutzgeistern, Satansleibern, mit himmlischen Heerscharen und gehörnten Dämonen, mit Märtyrern und Schlangengeziefer, mit Aposteln, Fürbittern und Kirchenvätern, mit Cherubim und Seraphim, mit Wind- und Wolkenwesen, mit Beelzebub und Jezabel, mit Scharen von haarigen und feuchten Gestalten, mit listigen Verfolgern und lüsternen Versuchern. Wir sahen uns von all diesen Gestalten umringt, beschützt und bedrängt.

Jene Verstoßenen, die inmitten züngelnder Flammen schlottern und, ohne je innezuhalten, in alle Ewigkeit schreien und stöhnen, ächzen und kreischen und greinen, deren Leiber zucken und zittern, müssen die Martern, die sie von der Erde längst kennen, die Zwanghaftigkeit der Begierden, die Dumpfheit der Schwermut, den Irrsinn der Verzweiflung und des Zornes, ohne Hoffnung auf Erlösung endlos durchleben, während die frommen, befriedeten Seelen jedes Verlangen verloren haben und gleichmütig über den Wolken schweben werden.

Immer wieder wollten wir von unserem Pfarrer bestätigt bekommen, daß jene, die über dem Fluß und hinter den Wäldern oben auf den lutherischen Bergen leben, nie in den Himmel kommen können, weil sie im falschen Glauben geboren wurden. Freudig bescheinigte er uns, daß auch ein gottgefälliges Leben ihnen nichts nützen werde. Wir hatten Mitleid mit ihnen und schlugen die wenigen, die als Zugezogene in unserer Klasse saßen, im Namen der richtigen Religion auf dem Schulhof blutig.

Hierzulande thront der Allmächtige nicht hinter dem grenzenlosen Blau des Himmels, sondern über dräuenden Gewitterwolken. Unser Pfarrer zeichnete ihn nicht als gütige Lichtgestalt, sondern stellte ihn als Rächer dar, der uns im Namen des Guten für die irdische Hoffart demütigen wird. Der Blick hinauf zu den Wolken wies immerzu in die Hölle, obwohl es hieß, dort oben sei das Paradies.

Dagegen wirkt jene lichtdurchflutete, von keinem gottesgerichtlichen Wahngebilde befleckte Kirche in unserer Gegend wie das Dokument einer fremden Kultur. Ihre Fresken, die das irdische Dasein preisen, passen nicht zu einem Landstrich, der von einem düsteren Gott überwacht wird. Den Hiesigen, die sich nach den Schaudern von Golgatha sehnten, war das Rühmen der diesseitigen Welt fremd. Am sterbensschweren Karfreitag und novemberdunklen Allerseelen fühlten sie sich zutiefst bei sich. Erhöhung erlebten sie in der Erniedrigung und Rechtfertigung im Leiden. *Herr, ich bin nicht würdig*, riefen sie inbrünstig und schlugen sich dabei dreimal an die Brust und stöhnten in jubelnder Selbstanklage: *Herr, ich habe gesündigt.* Als Bedürftige wollten sie vor ihrem Richter erscheinen, um einst im Jenseits wollüstig mit ihrem Gott zu verschmelzen. Die irdischen Freuden verboten sie sich aus Kalkül. Sie fühlten sich gerne mühselig, weil sie für ihre Kasteiung reiche Entlohnung erhofften. Wenn sie Gott mit hymnischen Liedern rühmten, klang ihr frohlockender Singsang erbärmlich. Das *Gloria* und *Laudamus* wollte nie freudig gelingen und klang immerzu so elendig, als ginge es gleich ans Sterben.

Am Eingang unseres Friedhofs prangt die Inschrift: *Wenn das Leben köstlich war, so weil es Mühsal und Arbeit war.* Nur wenn sie sich schwermütig fühlten, wähnten sie sich einst dort oben willkommen. Alles Gute verrichteten sie im Angesicht des Schreckens, weil nicht die Lust, sondern die Angst sie antrieb: die Angst vor dem, was ist, die Angst vor dem, was kommt, die Angst vor Krankheit, die Angst vor Armut, die Angst vor Nachbarn, Verwandten, Bekannten und Fremden, die Angst vor dem Satan und die Angst vor dem Herrgott. Hier unten bezahlten sie bereitwillig ihren Preis, um einst einen ewigen Lohn zu empfangen.

Täglich erinnerte Oma daran, daß man sich stets fügen und für alles, was einem widerfährt, dankbar sein müsse. Wer das Schicksal und die Weisungen von oben in Demut bejaht, konnte in ihren Augen nichts falsch machen. Während der Weihnachtszeit war in unserer Kirche neben dem Krippenaltar ein Negerlein aus Stein aufgestellt, das sich für die Groschen, die man ihm in den Kopfschlitz steckte, mit eifrigem Nicken bedankte. Seinem breiten Lachgesicht nach zu schließen, war der Mohr gerne auf unsere Gunst und Gnade angewiesen. Wenn wir ihm einen Kreuzer schenkten, bestätigte er uns, daß wir großzügig sind, und gleichzeitig mußte er uns als Vorbild dienen.

Nur wenige Male im Jahr gab es freudige Feiern, bei denen das aufjauchzende *Sursum corda*, das *Erhebet die Herzen!* jenes Meisters Seuse, der auch aus unserer Gegend stammt, die Seelen belebte. Bei der orientalisch prunkenden Fronleichnamsprozession, wenn der Pfarrer im goldenen Ornat unter dem Baldachin, von Ministranten und Fahnenträgern umgeben, den Zug der Gläubigen zu den Fluraltären anführte, erhellte ein Anflug von Seligkeit die Gesichter. Manchmal klangen auch bei Maiandachten die Melodien freier, wenn in auf- und niederwallenden Bögen das *O Maria hilf!* gesungen und die Sternenkönigin als Gnadenquell gepriesen wurde. Doch zum Abschluß hieß es wieder: *Heilige Mutter Gottes, bitte für uns*

Sünder, jetzt und in der Stunde unseres Todes, Amen. Die ständige Sorge mußte das letzte Wort behalten.

Onkel Karl, der dreifingerige Zimmermann, wurde in seinen letzten Jahren panisch, weil er, wie er Mutter regelmäßig stammelnd gestand, als Soldat in Rußland ein Mädchen angefaßt habe. Obwohl er schwor, sie nur berührt zu haben, fürchtete er sich wie ein Kind vor der Hölle und konnte keine Seelenruhe mehr finden. Er hielt seine Sünde für so maßlos, daß er sie dem Pfarrer nicht einmal zu beichten wagte. Mutter beruhigte ihn und wollte die immer gleiche Leier der Selbstbeschuldigungen nicht mehr hören. Vermutlich erhoffte Onkel Karl sich gerade von ihr eine Absolution, weil sie wußte, wovon er sprach.

An manchen Tagen gelang Onkel Karl nicht einmal mehr jenes Schmunzeln, das er früher selbst noch im Ärger unter seinem Schnurrbart versteckte. Sein Lebtag lang war er weder zimperlich noch bigott gewesen. Doch als er das Jüngste Gericht auf sich zukommen sah, vergällten ihm Höllenbilder den Abschied vom Leben. Tagelang zeigte er sich nicht mehr auf der Straße und sperrte sich in seiner Schlafkammer ein. Wenn Mutter an seiner Haustür schellte, schaute er im Nachthemd vom oberen Fenster herab, behauptete, krank zu sein, und verbat sich jede weitere Nachfrage und den Besuch des Doktors. Dabei war er, was den Leib anbelangt, bis auf wenige Wochen vor seinem Tod gesund. Nur die bitter gewordene Seele zehrte ihn auf. Aus Gram über jene Berührung zog er sich in sein Inneres zurück und nahm bereits im Diesseits die jenseitigen Qualen vorweg.

Auf dem Rückweg fahren wir einem himmlischen Flammenmeer entgegen, als führte der Weg immer weiter nach

Süden. Ein Wegweiser leitet uns auf einer Anhöhe, von der aus man, wie sonst nur selten, ein weites Land überblickt, zu einem archäologischen Museum, das bei einem Weiler von zwei Dutzend Häusern im Abseits an einem Waldweg liegt. Dort wurde ein ehemaliger Getreidespeicher in einen gläsernen Geschichtstempel umgebaut. An der Billettkasse sitzt ein Schulmädchen und bietet Hefte und Kassetten als Museumsführer an. In den Vitrinen sind neben Amphibien und Reptilien, mit Ziffern und Namen inventarisiert, Gerätschaften keltischer Vorfahren ausgestellt, die erst kürzlich bei Ausgrabungsarbeiten in umliegenden Feldern gefunden wurden: Scherben, Schalen, Feilen, Keile, Lanzen, Stifte, Trinkhörner und Münzen. Illustrationen hängen über den Schaukästen, die Mädchen in Lendenschürzen und Jäger mit Pfeil und Bogen darstellen. Sie skizzieren das damalige Leben als Indianeridylle, als friedfertiges Beisammensein um häusliche Feuerstellen. Wir sind die einzigen Besucher und flüstern, als möchten wir weder belauscht werden noch die diensthabende Schülerin bei ihren Hausaufgaben stören.

Unweit von hier verbrachte ich als Siebenjähriger mit Mutter vier Wochen wegen meines Asthmas in einem Kurort. Täglich marschierten wir, Mutter in Trachtenjacke, das Kind mit Gamshut und Kniebundhose, stundenlang auf knirschenden Waldwegen, fütterten zahme Eichhörnchen mit Nüssen und sangen die immer gleichen Volkslieder: *Das Wandern ist des Müllers Lust*, *Ein Jäger aus Kurpfalz* und *Im schönsten Wiesengrunde*, stets nur die ersten Strophen, weil wir die Verse der weiteren nicht kannten. An den Nachmittagen hörten wir im Park einer Kurkapelle zu, die auf einem überdachten Podium, eingebettet zwischen Blumenkübeln, wendigere Weisen spielte, als wir sie von unseren Blechmusikanten zu Hause kannten. Ein Stehgeiger im Frack dirigierte mit seinem ausgefransten Bogen fuchtelnd die Musikanten und erzählte zwischen den Stücken dem ältlichen Publikum Witze. Auf den Photos, die wir mit Selbstauslöser knipsten, sieht Mutter bedrückt aus und hat geschwollene Augen, als hätte sie nachts heimlich geweint.

Anders als in unserem Dorf herrschte in dieser kleinstädtischen Kurortwelt ein tägliches Gewusel. Für die Kinder fuhren Kutschen mit Ponys durch die Straßen, ein Café reihte sich an das nächste, an jeder Ecke stand ein Eisverkäufer, alle Waldpfade waren ausgeschildert und führten zu Imbißstuben, Gaststätten und Souvenirläden, in jedem zweiten Geschäft konnte man Kuckucksuhren, Rauchfleisch und Trachtengewänder, Strohhüte, Schleifenhauben, Faltenröcke und mit Enzian bestickte Mieder kaufen, und in den Wirtshäusern liefen bereits damals während des Abendessens Fernseher, während bei uns im Dorf nur Onkel Dolf und wenige andere die weltkundigen Geräte in der Stube stehen hatten.

Wenn in unserem Dorf an den Abenden und Sonntagen das Tuckern der Traktoren, das Gekreisch der Kreissägen und der Lärm der Gebläse zum Schweigen kam, wirkte das Gebell und Gegacker, das Mäh und Muh, das Piepsen und Grunzen, als seien selbst die Tiere nachdenklich geworden. Aus den Häusern wehte Radiomusik, durchweg Volkstümliches, keine Geigen und Arien, sondern Märsche und Walzer, vom Klosterhof herüber hörte man das Gickeln der Fasanen und die Sirenenrufe der Pfauen, vom Haus des Doktors schwebten Klaviertöne herüber, die nicht wirklich in unsere Welt gehörten.

Damals gab es eine Nacht-, eine Morgen-, eine Tages-, eine Abend-, eine Werktags- und eine Sonntagsstille. Und es gab die Jahreszeiten mit den weiten, harten, klaren

Klängen des Winters und den sirrenden des Frühlings, das Geräusch der Mähdrescher im Sommer und das des Laubs im Herbst. Es gab den Frieden auf dem gefrorenen See, wenn das halbe Dorf sich vorsichtig auf dem Eis bewegte und selbst die Hunde ihr auftrumpfendes Kläffen unterließen, dabei zahm, gefügig und fragend an den Leuten hinaufblickten, als spürten auch sie, daß der Boden unter ihren Füßen abgründig ist. Es war eine breughelsche Winterstille, skandiert vom Kratzen der Schlittschuhe, vom Geschnatter der Enten, vom Widerhall der Kinderstimmen in eisiger Luft.

Ganzjährig rasten krachende Tiefflieger über die Häuser hinweg und knapp am Kirchturm vorbei, während weit droben im unendlichen Licht unhörbar Silberlinien gezogen wurden, die sich wieder zerfransten und im Äther auflösten. Diese fast unsichtbaren Flugzeuge kündeten von Meeren und Wüsten und Wolkenkratzerstädten, von fernen, unheimlichen Kontinenten, von einer Welt jenseits unserer Veilchen- und Gänseblümchengärten.

Wenn während des Sommers zur Mittagszeit die Maschinengeräusche eine Weile schwiegen, wenn im Garten und auf den Gassen nur das Klappern des Geschirrs und Bestecks durch die Fenster und Türen zu hören war, wenn warme Essensgerüche sich von allen Seiten vermischten, kehrte ein Friede ein, der selbst Onkel Dolfs Fluchgebell verstummen ließ.

Und am Samstagabend stimmte das Angelusläuten auf den Sonntag ein. Während die Glocken noch in der Luft nachhallten, versorgte man die Gartengeräte im Schuppen, schrubbte die Gummistiefel und freute sich auf das warme Badewasser. Die Straße vor dem Haus war gefegt und der Hausputz erledigt. Im Kopf surrten die Werktagsgeräusche nach, und man freute sich auf das Mühle- und Schwarzer-Peter-Spiel in der hinteren Stube. Ein paar Mal im Jahr klangen dann vom *Löwen*-Saal die Tanzmelodien der Dorfcombo herüber.

Am Sonntagmorgen schlief man eine Stunde länger als werktags. Nach dem Morgenessen schubste Oma mich vor dem Spiegel herum, fettete meine Haare ein, entfernte die Fusseln vom Anzug, und wir gingen zum Hochamt. Nach der Messe tratschten die Frauen noch auf dem Kirchplatz, während die Männer bereits beim Frühschoppen waren. Und nach dem Mittagsbraten saß man träge zu Hause herum, bis man, bei Sonne, Schnee oder Regen, zum Gottesacker hinausging, durch die Gräberreihen schlurfte, den Bachstelzen zusah, Onkel Karl und seine ausgestopften Vögel besuchte und zum Vespern wieder nach Hause ging. Abends lief das Radio leise in der hinteren Stube, und Oma stopfte Socken oder blätterte im Sonntagsblatt.

Wenn die Laternen auf der Gasse verloschen, begann die Zeit stillzustehen wie Tisch und Stuhl, wie das Sofa in der Stube und die Marienstatue auf der Kommode. Oma stieg, in drei oder vier Nachtleibchen eingewickelt, in ihre Bettlade und vergrub den Leib unter zwei schweren Dekken. Zwei dralle Kopfkissen sorgten dafür, daß sie eher sitzend als liegend schlief. Wenn sie sich mitten in der Nacht zum Abtritt tastete, wachte ich auf und lauschte auf das Hin und Her der Pendeluhr und das Plätschern des Brunnens, der vor unserem Haus steht. Der vom Wind modulierte Wasserstrahl, das stete Klickteklack des Perpendikels und Omas gleichmäßiges Schnaufen offenbarten die sich anhäufende und dabei verfallende Zeit. In diesen nächtlichen Augenblicken fühlte ich mich in der Weite der Zeit geborgen und gleichzeitig verloren. Manchmal saß Mutter verstört beim Frühstück, weil sie nachts ein Käuzchen rufen gehört hatte. Sie deutete seinen einsamen Gesang als vorgezogene Totenklage und fürchtete, einer von uns dreien müsse bald sterben.

Heute ruft sie mich mit erstickter Stimme an. Der Chefarzt teilte ihr mit, sie müsse sich darauf vorbereiten, nicht mehr ewig zu leben. Sie versteht den Wink. Ich will sie beruhigen und empfinde alle Beschwichtigungen als Lüge. Als sie sagt: »Was machst du, wenn ich nicht mehr bin?«, klingt es wie eine Antwort und nicht wie eine Frage.

Als ich eine halbe Stunde später im Krankenhaus ankomme, hat sich ihre Niedergeschlagenheit in Verbitterung verwandelt. Sie bäumt sich gegen ihr Schicksal auf und ruft den Herrgott um eine Rechtfertigung an. Gerade jetzt, wo sie sich bei einem jungen Arztehepaar, für das sie die Kontoführung erledigt, in einem Haushalt mit vier Kindern wie in einer eigenen Wunschfamilie aufgehoben fühlt, sollen ihr keine weiteren Jahre mehr vergönnt sein. Mit schmal gewordenen Lippen sitzt sie im Bett und ballt die Fäuste gegen den Himmel.

Heimlich habe sie immer geglaubt, über hundert Jahre alt zu werden, flüstert sie und lächelt dabei, als dürfe ich ihr Gerede nicht wörtlich nehmen. Eine Krankenschwester kommt, um das Bett zu richten, den Puls zu messen und die Infusionsflasche zu wechseln. Unwirsch schickt Mutter sie weg und schimpft, die betuliche Pflegerei sei sinnlos geworden. Die Schwester stemmt die Hände in die Hüften und gibt sich auf joviale Art empört. Man dürfe sich nicht aufgeben, belehrt sie die Todgeweihte, das Leben gehe weiter, es sei noch nicht aller Tage Abend. Mutter weint. Das gutgemeinte Gerede wirkt lächerlich in diesem Augenblick.

Als die Schwester wieder draußen ist, will Mutter wissen, wie ich mir das Leben nach dem Tod vorstelle. Es ist ihr ein bißchen peinlich, so kindlich zu fragen, aber in der vergangenen Nacht mußte sie immer ans Jenseits denken. Wie einst Onkel Karl quälen auch sie jetzt Bilder vom Jüngsten Gericht. Sogar das sonst so beruhigende gleichmäßige Rauschen des Regens, sagt sie, habe die lange Nacht über trostlos gewirkt. Sie konnte nur an das Schlimmste denken. Ständig dröhnten die Predigten des Pfarrers in ihrem Kopf.

Noch vor wenigen Jahren litt sie darunter, daß das eigene Kind den althergebrachten Glauben nicht mehr mit ihr teilt. Inzwischen stellt auch sie sich Hiobsfragen und fürchtet dabei, daß sie in den Augen des Allerhöchsten bereits als Frevel gelten könnten. Oma nahm die Religion noch als Naturgegebenheit hin wie Äcker und Felder, Wind und Wolken, Winter und Sommer. An all dem gab es nichts zu deuteln. Jeder, der Gottes Existenz anzweifelte, galt ihr als unberechenbarer Geselle. Nur die Angst vor einem jenseitigen Strafgericht konnte demnach die Übervölkerung der Erde mit Karamasowschen Figuren verhindern.

Ein einziger im Dorf, der bucklige Hans, der stundenlang auf den Gassen herumstand und Himmelgucker gerufen wurde, durfte, weil er als eigen und nicht ganz recht im Kopf galt, ungestraft seltsame Gedanken aussprechen. Die Welt, behauptete er, sei ein vollgestopfter Rupfensack, der irgendwann löcherig und als verrottetes Stück Stoff verwaist im Universum schweben werde. Uns Kindern erzählte er, die Welt sei ein stinkender Abtritt, den ein guter Gott habe niemals erschaffen können. Wenn wir seine lästerlichen Reden dem Pfarrer erzählten, entgegnete dieser, ohne darauf einzugehen, auch Deppen gehörten zum Vieh Gottes. Der bucklige Hans, sagt Mutter heute, sei mit Gedanken beschlagen gewesen, die vielleicht unrecht, aber nicht abwegig gewesen seien.

Den ganzen Tag lang will der eintönige Nieselregen

nicht enden. Vom Bett aus sieht Mutter durch den Fensterausschnitt nur den Himmel. Nicht einmal Kirchtürme oder Baumkronen, Äste oder Stromleitungen säumen seine Weite. Wenn er bleigrau ist, verlängert sein dumpfes Licht die Ödnis des Zimmers ins Unendliche. In solchen Stunden scheint nichts sich zu bewegen, und nur die Geräusche vorbeifahrender Züge erzählen vom Dasein hellerer Welten.

Vierzehn Tage sind seit der Operation vergangen. Zwischen uns beiden gehen dieselben schlichten Sätze, Fragen und Antworten hin und her, die wir seit Jahren füreinander parat haben. Sie klingen belanglos und bergen dennoch ein ganzes Leben. Ich sitze herum und vertrete mir zwischen Bett und Stuhl, Tisch und Fenster die Beine. Das tatenlose Herumsitzen macht träge und unruhig zugleich. Mutter liegt da und harrt der kommenden Dinge, wartet auf die Visite, auf das Mittagessen, auf die Schwester, auf den Arzt, auf eine neue Diagnose, darauf, daß es nicht so bleibt, wie es ist, daß es vorwärts oder wenigstens rückwärts geht, besser oder schlimmer wird. Jede Art von Klarheit, und sei es die schlimmste, zöge sie dem unbestimmten Zwischenzustand vor, um nicht im Undurchsichtigen zu versinken.

Gelegentlich bringe ich ihr die Zeitung mit. Doch an manchen Tagen fühlt sie sich sogar zum Blättern zu müde. Wenn ich dann bei ihr sitze und ein Buch vor mir habe, hindert mich ein schlechtes Gewissen am Lesen. Obwohl Mutter manchmal vor Schmerzen oder Müdigkeit selbst eine beliebige Unterhaltung schwerfällt, glaube ich, ihr alle Aufmerksamkeit schenken zu müssen und mich mit nichts ablenken zu dürfen. Eine Erinnerung an Omas Sterben geht mir nicht aus dem Sinn: Ich las, während sie röchelte, in Herodots *Historien*. Noch heute möchte ich das ungeschehen machen. Doch wie zum Fluch bleiben mir sogar die Seitenzahlen im Bewußtsein haften. Wenn ich an Mutters Bett ein Buch aufschlage, richtet der innere Blick sich zwanghaft auf die damalige Situation, als sei es ein Zeichen von seelischer Verwahrlosung gewesen, sich während der lange hinziehenden Sterbestunden mit generellen Gedanken zu beschäftigen, anstatt sich einzig auf den zu konzentrieren, der endgültig geht. Obwohl Oma zwei Tage lang mit geschlossenen Augen gleichmäßig schwer schnaufte und nicht mehr reden konnte, werfe ich mir vor, sie nicht immerzu angeschaut und ihr ständig die Hand gehalten zu haben.

Außer der Zeitung wurde bei uns zu Hause wenig gelesen. Die Geschichten, die über den Gartenzaun kamen, genügten. Weil Mutter sich nach meiner Geburt ein Erziehungsbuch anschaffte, verhöhnte Oma sie noch zehn Jahre später für den Unsinn, durch eine pädagogische Fibel den gesunden Menschenverstand ersetzen zu wollen. Wer bei angeblichen Experten Rat suchte, galt in ihren Augen bereits als verwirrt, und zum bloßen Zeitvertreib las man keine Bücher. Die Bibel und die Gesangbücher befriedigten das geistige Bedürfnis vollkommen. Jedes Jahr im Spätsommer schleppte sich ein kugelrunder Kapuzinerpater von Tür zu Tür durch die Gassen und verkaufte den Kirchenkalender. Die darin versammelten Heiligenlegenden und ländlichen Erzählungen waren bescheidene Nachfahren der Geschichten aus Hebels *Schatzkästlein*. Ohne uns zu langweilen, lasen wir sie immer wieder.

In der Bibel blätterten wir vor allem der Illustrationen wegen. Der Zeichner hatte die im alten Palästina spielenden Ereignisse in mittelalterlich anmutende Zeiten verlegt, und weder Moses, der die Gesetzestafeln zerschlägt, noch Abraham, der über seinem Sohn das Messer erhebt, noch Jonas, der vom Wal ausgespuckt wird, noch David, der Goliath besiegt, noch Noah, der die Tiere in seine Arche führt, noch Jesus und die Händler, die er aus dem Tempel vertreibt, sahen wie Orientalen aus, sondern allesamt wie germanische Ritter, die, mit Schildpanzern und Lanzen bewehrt, auf Burgen hausten, in gotischen Kathedralen vor ihrem Gott niederknieten und in altdeutschen Städten mit Zugbrücken, Wallgräben und gezinnten Wachtürmen lebten.

Haufenweise lagen zu Hause fromme Heftchen mit Sinnsprüchen und Fürbitten herum, die Danksagungen und Stundengebete für die täglichen Klagen und den Lobpreis der Lippen enthielten. Zwischen den Seiten steckten Sterbe-, Andachts- und Heiligenbilder: die Gebenedeite und Gnadenreiche, die Unbefleckte und Schmerzensreiche, das Lichtwesen und die Leidensgestalt, der heilige Martin und der heilige Christophorus, der heilige Borromäus und der heilige Bonifatius, der Erzengel Michael und der Erzengel Gabriel, der Erzengel Uriel und der Erzengel Raphael. Der hinduistische Götterhimmel wirkt gegenüber dem hiesigen bescheiden.

Neben der Tageszeitung, dem Jahreskalender und den erbaulichen Schriften nahm man sorgfältig das Gemeindeblatt zur Kenntnis, das den alten Ausrufer abgelöst hat. Früher fuhr der zitterige Ortsdiener mit dem Fahrrad durch die Gassen, klingelte die Leute mit einer Schelle aus den Häusern und verkündete mit welker Stimme die amtlichen Neuigkeiten. Alle schimpften hintenherum über sein unverständliches Gemurmel, aber keiner wollte dem armseligen Alten seinen Posten wegnehmen. Erst als er bettlägerig wurde, veröffentlichte der Bürgermeister seine Anliegen und Beschlüsse in gelegentlichen Wurfsendungen, die als hektographierte Blätter in den Briefkästen lagen und stechend nach feuchter Farbe rochen. Längst hat sich das Mitteilungsblatt in ein mehrseitiges Periodikum verwandelt, auf dessen Titelblatt zur Linken der kleine Petersdom, zur Rechten das Dorfwappen prangt: ein Geviert aus Adler, Kleeblatt, Kreuz und Geweih, den Insignien von Wald und Wiesen, Himmel und Erde, Tod und Leben. Zur Auflockerung gruppierte man vor wenigen Jahren um das gravitätische Wahrzeichen freundliche Brieftauben, die mit ihren Nachrichten in alle Himmelsrichtungen fliegen.

Je belangloser das Dorfleben von außen wirkt, desto geschäftiger erweist es sich im Mitteilungsblatt: Die eine Sitzung folgt der anderen, der Gemeinde- und der Kirchengemeinderat, der Schützen-, Kegel- und Musikverein, der Liederkranz, die freiwillige Feuerwehr und der Jugendfußballclub tagen regelmäßig und geben ihre Beschlüsse kund, der Landeswohlfahrtsverband hält einen Sprechtag ab, das Regierungspräsidium hat neue Verfügungen zum Tierseuchengesetz getroffen, für das Aufstellen des Maibaums werden Helfer gesucht, die Dauerparker vor dem Alten Rathaus werden unter Strafandrohung aufgefordert, den Gehweg freizuhalten, der Müll muß neu sortiert und ein Architektenentwurf für die Friedhofserweiterung gebilligt werden. Die restlichen Druckseiten bestehen aus der Ankündigung ärztlicher Wochenenddienste, aus Geburts- und Todesanzeigen, aus Danksagungen und Werbung.

Während der nächtlichen Asthmaanfälle war ich als Kind nach Geschichten süchtig, die von der Atemnot ablenkten. Mutter und Oma fielen immer nur dieselben Märchen ein: *Hänsel und Gretel*, *Aschenbrödel*, *Frau Holle* und *Rumpelstilzchen*. Sie erzählten sie mit allzu wenigen Worten, ohne je eine Episode auszuschmücken. Geläufiger waren ihnen die frommen Sagen des Pfarrers, die Lebensläufe der Vierzehn Nothelfer, Legenden von Mönchen, bei denen nachts der Teufel auftauchte, der mit Weihwasser und einem Kruzifix verschreckt und damit zum Verschwinden gezwungen wurde. Die Gruselgeschichten aus der Glaubenswelt waren ihnen vertrauter als Märchen.

In den letzten Jahren bedauert Mutter, das Bücherlesen nie wirklich gelernt zu haben. Im Gegensatz zu Oma hat sie vor der Welt des Wissens und vor jedem, der geschliffen redet, einen blinden Respekt. Wenn im Fernsehen ein Professor vor einem Bücherregal seine Meinung kundgibt, hält sie ihn, ohne auf seine Worte zu achten, für einen Weisen. Sie starrt ihn an und glaubt, er offenbare die Weltgeheimnisse.

Wenn sie, alle zwei Jahre einmal, einen Roman liest, ergeht es ihr wie an Theaterabenden: Sie läßt die Buchstaben an ihren Augen vorbeiziehen und denkt dabei die meiste Zeit an etwas anderes. Selten ist sie von einer Erzählung gebannt, und es fehlt ihr an Geduld, sich auf fremde Gedanken einzulassen, von denen sie von vornherein fürchtet, sie eh nicht richtig zu verstehen. Nur wenn ihre eigene, unmittelbare Welt angesprochen wird, kann sie sich in einem Buch verlieren. In den Reisetagebüchern des Pfarrers Heinrich Hansjakob, der vor hundert Jahren unsere Gegend durchwandert und sich den Ruf eines polternden Heimatdichters erworben hat, entdeckte sie auf Anhieb Land und Leute aus der Gegenwart und freute sich bereits beim Aufstehen auf die abendliche Lesestunde. In dem Glauben, die Geschichte der Frau mit dem *Scharlachroten Buchstaben* liege ihren Erfahrungen nicht fern, legte ich ihr einmal Hawthornes Roman auf den Nachttisch. Zwei Wochen später gab sie ihn mir mit der Bemerkung zurück, früher müsse es schlimm auf der Welt zugegangen sein.

In ihren stets kurz gehaltenen Briefen zeichnet sie manchmal mit wenigen Worten Stimmungen, die an das Augenblickhafte von Haikus erinnern. Sie strahlen eine

Ruhe aus, die man in ihren nervösen Reden immerzu vermißt. Ihr letzter Brief vom vergangenen Herbst beginnt: »Ich sitze im Garten. Die Amseln sind wie immer die lautesten. Heute gibt es nichts mehr zu tun.« Nach derartigen Eröffnungen folgen die üblichen Ermahnungen und guten Wünsche. Meist liegt ein Geldschein bei, mit dem ich mir, wie sie hinzufügt, ein Buch oder ein gutes Essen gönnen soll.

Als die Krankenschwester das Abendessen bringt, entschuldigt sich Mutter für ihre ungezogene Niedergeschlagenheit vom Nachmittag. Für die anstehende Nacht wünscht sie sich ein erlösendes Gewitter und für morgen früh einen wolkenlosen Himmel. Sie nimmt sich vor, tief zu schlafen und an keine Hölle mehr zu denken.

Onkel Max starb an einem leuchtenden Sommertag. Jahrelang lag er röchelnd neben seinem ebenso dahinsiechenden Weib im Bett, beide mit schlohweißem Haar und aschfahlen, ausgemergelten Gesichtern. Jeden Sonntag besuchten wir sie auf dem Weg zum Gottesacker und standen ihnen, eingezwängt zwischen Bettlade und Schrank, eine lange Weile gegenüber. Jedesmal wiederholte man die immerselben Fragen, die immerselben Sätze, das immerselbe Schweigen. Die beiden Halbtoten hatten einander längst nichts mehr zu sagen. Sie lagen, jeder vor sich hin starrend, stumm nebeneinander.

Das endgültige Sterben von Onkel Max kam für die Bauersleute zur Unzeit. Just an diesem Tag wollten sie Rüben stecken, und sie zischelten in der Küche, der Max hätte sich für seinen Tod einen gelegeneren Zeitpunkt aussuchen können. Wir Kinder spielten wie häufig im Hof, ein wenig zurückhaltender als sonst und neugierig darauf, wie der Onkel als Leiche auf uns wirken würde. Hin und wieder schlichen wir die Treppe hoch, schauten durch den Türspalt und wurden von den Erwachsenen wieder weggescheucht. Der Arzt kam noch einmal mit seiner Instrumententasche und schließlich der Pfarrer mit einer schwarzen Schatulle zur Letzten Ölung. Er sah wie ein Todesengel aus, der das Ende besiegelt und den Heimgang ins Jenseits beschleunigt. Die Dorfgeräusche, das Gebell und Gegacker, die Kreissägen und Traktoren kümmerten sich nicht um Onkel Max. Der Tag war hochsommerlich schön, und um die Mittagszeit bimmelte die Totenglocke.

Den Leichnam konnte man bis zur Beerdigung in seiner Kammer besuchen. Festtäglich hergerichtet, die Augen geschlossen, die Lippen zusammengedrückt und blau verfärbt, lag er, von vier Kerzen umflackert, in einem schwarzen Sarg. Erst vor dem Requiem holte man ihn mit einer zweispännigen Kutsche ab und fuhr mit ihm zum letzten Mal zum Hof hinaus. Vor dem sichtbaren Toten ängstigte ich mich nur ein wenig. Erst Wochen später fürchtete ich, sein Schädel erwarte mich abends vor dem Schlafengehen auf unserer Hutablage, um plötzlich das Gebiß zu öffnen.

Zehn Jahre später kam beim Tod der Oma sofort der Leichenwagen und ließ ein leeres Bett zurück, als sei es dringlich geworden, den steifen Leib wie giftigen Abfall zu entsorgen. Onkel Max durfte, bis er in die Erde versenkt wurde, daheim bleiben, ohne Umwege über eine anonyme Zelle, in der sich die Seele, falls sie noch lebt, jämmerlich alleingelassen fühlen muß.

Wenn einer, der lange gelitten hat, schließlich stirbt, vernimmt man in den gegenseitigen Tröstungen der Hinterbliebenen auch erleichterte Töne. Man wünscht dem Toten eine schnelle Ankunft im Himmel und leidet heimlich unter einem schlechten Gewissen. Das Gefühl der Entlastung, die heimliche Dankbarkeit über das Ende der mühseligen Fürsorge gebiert den nagenden Selbstvorwurf, den Kranken nicht genug geliebt, umhegt und gepflegt zu haben. Das Gegenteil ist meist der Fall: Täglich haben die Verwandten dutzende Male nach dem Bettlägerigen geschaut und, so gut es ging, seine Wünsche erfüllt, den Topf geleert, den Hintern geputzt, die Wäsche gewechselt, das Essen gebracht, seine Unzufriedenheit ertragen, sich keinen freien, von ihm unabhängigen Tag gegönnt. Trotzdem kommt, wenn es vollbracht ist, die Reue, und sie werfen sich vor, nicht gänzlich in Sorge für den anderen aufgegangen zu sein. Sie bereuen jedes böse Wort und mögen sich im nachhinein keine Erschöpfung und keine Launen zugestehen. Die Sorge um sein Wohl wird mit der Grabpflege fortgesetzt, als müßte der Tote in Gestalt der Erde, unter der er zerfällt, mit den wechselnden Farben der Jahreszeiten, mit Schneeglöckchen, Pfingstrosen und Hyazinthen geschmückt werden.

Mutter möchte Oma am liebsten aus der Erde kratzen. Als sie noch lebte, durfte sie im Garten ohne deren Erlaubnis keine einzige Staude anpflanzen, kein Beet anlegen. Die Fünfzigjährige war bis zuletzt der Achtzigjährigen untertan. Wenige Tage nach ihrer Beerdigung kicherte Mutter sich bei einer Flasche Wein in einen befreienden Rausch hinein. In ihrer Phantasie riß sie das ganze Haus nieder und modelte in kühnem Überschwang alles um, was an früher erinnerte, sowohl die Kleinigkeiten als auch die Grundmauern. Ein halbes Jahr später schlugen Handwerker tatsächlich die Innenwände durch, rissen die Böden auf, zertrümmerten den Kachelofen und verwandelten alle Räume bis zur Unkenntlichkeit. Das feuchte Kellerloch, in dem bis dahin auf wurmstichigen Holzregalen das Eingemachte lagerte, wurde in einen gekachelten Heizungskeller, Omas Schlafzimmer in einen weiteren Wohnraum umgestaltet, dessen mandelgrüne

Couch und rostbrauner Rundtisch und gläserner Lüster und wuchtiger Schrank und schwerer Perserteppich wie ein Musterbeispiel aus dem Möbelkatalog wirken. An der Wand prangt seither ein falscher Rembrandt, der einen sinnierenden Goldschmied beim Wiegen seiner Ware zeigt und die gute alte Handwerkszeit beschwört. Schöner ist die Wohnung durch die Renovierung nicht geworden, aber alle Nachbarn und Bekannten bestätigten, sie wirke jetzt von unten bis oben modern.

Mutter ist stolz auf den Umbau, und gleichzeitig bestraft sie sich moralisch für die Zerstörung von Omas häuslicher Welt, empfindet sie als Entweihung, als nachträgliche Rebellion und Schändung. Täglich geht sie an ihr Grab und bittet um Verzeihung für alles, was sie ihr angetan hat, und hofft, daß es mir einst ihr gegenüber genauso ergehen wird.

Auf dem Dachboden stapeln sich Schachteln und Kisten, vollgestopft mit Omas Hinterlassenschaften. Trotz der überstürzten Renovierung hat Mutter viele Habseligkeiten sorgfältig aufbewahrt. Sie gehören zur Toten wie naturwüchsige Glieder, die von ihrem Fortleben künden. Wer sie beseitigt, lädt Schuld auf sich, weil er im nachhinein ein Schicksal bejaht, das die Natur längst entschieden hat. Dem Kreislauf von Sünde und Sühne ist selbst nach dem Tod eines Angehörigen nur schwer zu entkommen.

Die Wälder und Wiesen, der eingeschnürte Gesichtskreis ums Dorf herum, all das, was man Heimat nennt, der Garten hinterm Haus, die hintere Stube, die Gassen und Winkel, das verrostete Tankstellenschild, der Bach, der Brunnen, das Hoftor gegenüber, die Wirtschaft nebenan, der Bäcker- und Metzgerladen, das Flaschner- und Sattlergeschäft, sie existieren nicht mehr wie noch vor zehn Jahren. Bis auf die Bäckerei sind alle Geschäfte, auch die Schneiderei und Uhrmacherwerkstatt, eingegangen. Neben Brot und Brezeln werden jetzt in den Regalen Wurst- und Fischdosen, Katzen- und Hundefutter, Strümpfe und Waschpulver angeboten.

Nur der Schuhmacher vergrößerte sein Geschäft. Seine alte, in einer Gasse hinter dem Kindergarten gelegene Werkstatt hat er an die Filiale der Sparkasse vermietet und statt dessen bei der Dorfeinfahrt neben der Bundesstraße einen Schuh-Supermarkt eröffnet. Früher konnte man ihn an warmen Tagen mit speckiger Lederschürze durch die offene Tür vor einem Haufen übereinandergeworfener Schuhe auf einem Schemel sitzen sehen. Heute steht er als ein gemachter Mann mit Anzug und Krawatte in der Glastür seines Großmarkts und hofiert die Kundschaft. Auf dem Parkplatz vor den ausladenden Schaufenstern seines quadratischen Flachbaus drängen sich die Autos, weil er Stiefel und Sandalen preiswerter anbietet als die städtische Konkurrenz. Unserem heutigen Dorf brachte er im Laufe der Jahre den Ruf eines Schuh-Mekka ein.

Von den einst zwei Dutzend Bauernhöfen existieren nur noch vier. Die jungen Landwirte nennen sich Agraringenieure und verwalten ihre Güter wie Industriebetriebe. Die ehemaligen Bauern arbeiten in Büros und Fabriken und halten sich für den Hausbedarf in Koben ein paar Schweine. Einmal im Jahr wird geschlachtet und die Gefriertruhe bis an den Rand mit Keulen und Koteletts aufgefüllt.

Die alte Volksschule wurde von einem Sattelschlepper zertrümmert, dessen betrunkener Fahrer mitten am Tag in der nahezu eckigen Dorfkurve die Gewalt über sein Gefährt verlor. Der Lastwagen wälzte zwei Grundmauern nieder und kam erst mitten im Klassenzimmer zum Stehen, während die Kinder zufällig beim Schulausflug waren. Ein Wiederaufbau des längst maroden Gebäudes lohnte sich nicht. Seither werden die Schüler zum Unterricht mit Bussen in die Nachbargemeinden gebracht.

Das Postamt wurde aus der Dorfmitte an den Rand verdrängt. Als es noch im Nebenzimmer des *Löwen* untergebracht war, standen auf einem der beiden Tische eine Waage, ein schwarzes Gabeltelefon mit gezwirbelter Schnur und eine olivgrüne Schreibmaschine, deren offen liegende Mechanik wie eine Miniaturwerkstatt aussah. Auf dem anderen Tisch lagen ein Stempel mit Tintenkissen, ein Ordner mit Briefmarken, eine Reißverschlußmappe mit Münzgeld und Scheinen und Bücher mit Fernsprechnummern und Postleitzahlen. Die Wirtsleute erledigten die Postgeschäfte vormittags neben der Küchenarbeit. Heute sitzt in einem kahlen Neubau ein Beamter aus der Stadt hinter einem Panzerglasschalter.

Selbst die Jahreszeiten haben sich gewandelt und bedeuten nicht mehr dasselbe wie früher. Es gibt nicht mehr die wochenlang weißen Winter und die bis in den späten September reichenden Sommer. Zum kindlichen Bild von Heiligabend gehören Schneeberge vor dem Haus, wie sie heutzutage nie mehr zustande kommen. Im Frühjahr lief der Dorfbach über, und im Mairegen wuchsen die Kinder. Während der Andachten erflehte der Pfarrer den Wettersegen, hielt die kleine Monstranz gen Himmel und betete zum unberechenbaren Gott: »Behüte uns vor Blitz, Hagel und Ungewitter.« Jedes Hochwasser deutete er als Nachbild der biblischen Sintflut und als Strafe für unser sündiges Leben. Im Unheil der Natur erfuhr die gefallene Kreatur die Abhängigkeit vom Gutdünken ihres Schöpfers.

Den Büromenschen beeinträchtigt der Stand der Sonne nur beiläufig, weil er nicht wie der Bauer auf eine günstige Witterung angewiesen ist. Vor den Augen eines Angestellten ziehen die Jahreszeiten, die einst dem Landleben einen unverwechselbaren Rhythmus aufzwängten, wie Kulissen vorüber. Den wenigsten begegnen sie als übermächtiges Schicksal, das über Gedeih und Verderb der Ernte bestimmt. Der Pendler darf das Himmelsmeer als eine Malerei und die blühenden Wiesen als eine erholsame Landschaft ansehen.

Seit Oma tot ist, wohnt Mutter allein in dem Haus an der Hauptstraße, das nach hinten an einen Garten grenzt. Die Rosenhecken und Johannisbeersträucher aus der Kinderzeit sind verschwunden, statt roter Rüben, Lauch und Sellerie wachsen dort jetzt Ziergräser und Sträucher. Nach dem Umbau pflanzte Mutter zwei Weißtannen, deren Äste die hintere Stube, in die seit je nur spärliches Licht dringt, noch dunkler beschatten. Das Zimmer mit der Eckbank, in dem man sich die meiste Zeit aufhält, liegt auch bei strahlender Sonne im Halblicht. Ein dikkes Gemäuer und enge Fenster halten die Helligkeit ab, und im Inneren verdüstert ein dunkelbraunes Getäfer den Raum. Rundum hängen Bilder, Photos und Andenken an den Wänden. Wie die meisten hier empfindet Mutter das Überladene als gemütlich. Keine Ecke darf in die Leere gähnen, nach keiner Seite eine Lücke klaffen. Nicht im offenen Licht, sondern im schummerigen Eingeschlossensein fühlen die Dörfler sich wohl.

Oma hat die Hälfte ihres Lebens hier zugebracht. Ihr vergilbtes Hochzeitsbild prangt über dem Sofa an der Wand. Opa ist nahezu einen Kopf kleiner als sie. Stramm steht er da und präsentiert sich stolz in soldatischer Uniform mit einem Säbel und einem gezwirbelten Schnurrbart. Oma schaut streng auf ihn herab, als habe sie ihn gedrängt, sich vorteilhafter darzustellen, als er gewachsen ist. Mit Epauletten bestückt, reckt er sich angestrengt nach oben, und ein schräger Blick halb zur Höhe verleiht seinen Gesichtszügen einen zielstrebigen Ausdruck. Ich möchte ihn nicht als Vater gehabt haben.

Dabei kenne ich nur eine einzige Geschichte über ihn. Eines Tages sprang ihn im frühmorgendlichen Dunkel der Kastanienallee auf dem Weg zur Mühle, wo er als Aushilfskraft gearbeitet hat, eine Katze an. Ihre Augen sollen geglüht, ihr Fauchen ihn am Weitergehen gehindert haben. Das Ereignis wiederholte sich an mehreren Tagen, bis er zwei Männer mitnahm, die das Tier mit Stöcken blutig schlugen. Tags danach lief ein Weib, das jeder kannte, mit Striemen im Gesicht durchs Dorf. An dieser immer wieder erzählten Geschichte gab es nichts zu deuteln, nichts zu erklären und nichts ins Licht einer erklärenden Vernunft zu zerren. Sie hatte sich schlechterdings so zugetragen, ohne Ursachen und ohne Folgen. Nach einem verborgenen Sinn hatte man nicht zu fragen.

Als der Opa im Sterben lag, war Mutter im damals noch nobleren Bahnhofsrestaurant der Stadt als Büfettfräulein in Ausbildung. Auf einer Photographie sieht man sie in weißer Schürze, vom Zapfhahn halb verdeckt, lachend hinter einer Theke, mit rundlichem Gesicht und dichten Locken. Ihr Vorgesetzter, ein ranghoher Nazi, gewährte ihr keinen einzigen freien Tag. Sie lief weg und wurde daheim von der Polizei abgeholt. Einer der Beamten schickte sie zu einem Arzt, der sie krank schrieb. Nur deshalb konnte sie beim krebskranken Vater am Sterbebett sein, während dessen Sohn letzte Briefe aus Rußland nach Hause schrieb.

Mutters Bruder war als knabenhafter Soldat auf der Halbinsel Krim stationiert. Eines Nachts träumte Mutter von einem Meer aus Blut, in dem ein loderndes Schiff unterging. Bis heute glaubt sie, daß ihr Bruder, der als vermißt gilt, in dieser Stunde umgekommen ist.

Als Kind erschien mir der unbekannte Onkel in Tagträumen als Zurückgekehrter. Scheu stand er plötzlich in Sträflingskleidung auf der anderen Straßenseite, geistig entrückt, noch nicht ganz angekommen, ein leibhaftiges Gespenst. Er hatte einen Demutsblick, weil er dankbar dafür war, wider Erwarten heimgekommen zu sein. Nur das Barett auf seinem Kopf zeugte von unversiegtem Soldatenstolz, und seine offensichtliche Scheu konnte das Selbstbewußtsein des Auserwählten nicht verhehlen, der weiß, daß seine Rückkehr als Wunder gefeiert wird.

Dann kippte das Bild vor meinem inneren Auge. Weil er längst über Ätherwogen davon unterrichtet war, daß seine Schwester ein uneheliches Kind in die Welt gesetzt hatte, starrte er mich wie einen Angeklagten an. Er war selig, endlich daheim zu sein, und zugleich wegen der familiären Schande verbittert. Oma fiel er um den Hals, Mutter wies er zurück. Seine Heimkunft erwies sich als zwiespältige Freude. Er wollte an der Schmach, die über unserem Haus lag, nicht teilhaben und fühlte sich, weil zur Sippe gehörend, dennoch dafür verantwortlich.

Oma litt bis zuletzt darunter, daß ausgerechnet die Tochter und nicht der Sohn, den sie ohne widerständige Wirklichkeit glorifizieren konnte, in ihrem langen Alter um sie war. Wenn die beiden tagelang miteinander stritten, glaubte ich manchmal, sie könne es Mutter nie verzeihen, daß gerade sie und nicht er überlebt hat.

Einmal entdeckte ich in ihrem Kleiderschrank, in dem es so sehr nach Mottenpulver roch, daß man bereits beim Öffnen niesen mußte, in einer Blechbüchse seine Feldpost. Die Briefe waren sorgfältig gebündelt und chronologisch geordnet. In einem der Kuverts steckte eine mit Kreidefarben kolorierte Landkarte, auf der er die Stellung der Truppen eingezeichnet hatte und auf deren Rückseite er in Feldherrenart erklärte, warum die anstehenden Schlachten bereits so gut wie gewonnen seien.

Wenn zu Hause die Rede aufs Dritte Reich kam, kicherten die Erwachsenen über den Führer wie über eine abstruse Witzfigur. Das Gelächter glich demjenigen verunsicherter Kinder, die mit schlechtem Gewissen etwas überspielen. Die Briefe des vermißten Onkels sprechen eine andere Sprache. In ihnen trumpft ein altkluger Junge auf, bald als Held nach Hause zurückzukehren. Er hatte bis zur Rekrutierung von der Welt außerhalb seines Dorfes nie etwas gesehen und mußte sich über Nacht in einen Welteroberer verwandeln. In seinen Briefen beschimpft er alle Gleichaltrigen, die noch daheim sind, als feige Memmen, die bei der Mama hinter dem warmen Ofen sitzen. Im Gegensatz zu ihnen spürt er ein Gefühl von Größe in sich, das ihm die Lichter von Granaten gewähren.

Als ich Oma auf die Entdeckung ansprach, lief sie weg und schwieg stundenlang störrisch. Noch Tage später verrieten ihre schmal gewordenen Lippen, daß sie traurig und wütend zugleich war. Die Angebereien dieses auf Größenwahn getrimmten Halbwüchsigen erzählten ihr nichts von Triumphen, sondern einzig, daß ihr Kind noch lebt. Nach dem Krieg sollten sie sich als Abschiedsworte erweisen, die nur ihr und niemand anderem gehörten. Einer wie ich, der leicht reden hatte, sollte sich nicht mit abschätzigen Bemerkungen einmischen. Als ich in diesen Briefen wühlte, die über dreißig Jahre lang zwischen Stoffresten und Schuhen verborgen lagen, zerstörte ich ein geheimes Band zwischen ihr und ihm. Ich zerbrach ein unsichtbares Siegel und befleckte eine Botschaft mit krittelndem Gerede. Als ich nach Omas Tod die Feldpost suchte, war sie nicht mehr aufzufinden.

Erst später begriff ich, daß einem Siebzehnjährigen, der ungefragt nach Rußland gekarrt wurde, wenig anderes übrigblieb, als seine Ängste in scheinbare Stärken umzumünzen und den Krieg als selbstgewähltes Abenteuer auszugeben. Der kleine Held hatte wie die meisten Dörfler gelernt, für alles, wofür man gebraucht wird, dankbar zu sein. Durch Pflichterfüllung durfte er erleben, daß er zu etwas nütze ist.

Als noch vor zwanzig Jahren regelmäßig Militärkolonnen durch unser Dorf fuhren, rannte jung und alt vor die Tür und winkte den Soldaten zu. Einmal betraten zwei Offiziere während des Hochamts unsere Kirche. Da hielt der Pfarrer für einen Augenblick in der Zelebration inne und nickte den Uniformierten zu, als sei er gerührt, so hohen Besuch begrüßen zu dürfen. Beim Schlußsegen schritt er, von zwei Ministranten flankiert, mit dem Weihwasserwedel den Gang zwischen den Bänken entlang, vom Altar zum Portal, und schüttelte den Gästen, wie sonst nie einem Kirchenbesucher, die Hände. Ihre Anwesenheit verlieh der Liturgie einen gravitätischen Glanz.

Wäre der vermißte Onkel zurückgekehrt, zählte er, stelle ich mir vor, wie die meisten Mannsbilder hier zu den stammtischstarken Anwälten soldatischer Tugenden. Woher sollte er auch die Kraft nehmen, einer übermächtigen Einheitsgesinnung zu widersprechen? Dabei zeigt ihn die Portraitphotographie, die neben Omas Hochzeitsbild hängt, als bubenhaften Gefreiten, der nichts Kämpferisches ausstrahlt. Seine Augen sehen verweint aus, und die Gesichtszüge erinnern an verletzbare Kinder, die oft beleidigt sind und schmollend um Zuneigung betteln. Er wirkt weichmütig und scheu, als müßte man ihn beschützen.

Ganz im Gegensatz zu heute sieht Mutter auf älteren Photos mollig aus, und ich kann mir sie nur schwer auf den verbotenen Reisen mit jenem Mann vorstellen, der mein Vater ist und von dem ich kein Bild besitze. Als sie damals beim Spülen beiläufig von ihren verwegenen Ausflügen erzählte, konnte ich kaum glauben, daß sie einst so unverfroren und abenteuerlustig war. Bei unserer ersten Fahrt zu Doktor Höchli nach Zürich erwies sie sich als ängstliche, unbeholfene, draußen vor ihrem Dorf orientierungslos wirkende Frau. Ich habe sie jahrelang unter Omas Kuratel erlebt und kann mir schlecht ausmalen, wie sie früher die Alte zum Narren gehalten hat.

Sicherlich fühlte sie sich an der Seite ihres Geliebten in der Fremde geborgen und vogelfrei zugleich und suchte mit ihm in Tagträumen einen neuen Lebensort, um vor der dörflichen Enge zu flüchten. Mutter glaubte jahrelang an Vaters festen Willen, ihretwegen seine Frau und die Kinder zu verlassen. Vermutlich stammelte er in der Erregung Versprechungen, die er danach zwar nicht leugnen, aber anders verstanden wissen wollte. Jahrelang vertröstete er sie auf übermorgen, wenn es um eine gemeinsame Zukunft ging. Dabei soll er derart eifersüchtig gewesen sein, daß sie nicht einmal in seiner Abwesenheit mit anderen Männern tanzen durfte. Mutter hatte allen seinen Wünschen zu dienen, auch dem, aus ihren gierigen Begegnungen keine sichtbaren Folgen erwachsen zu lassen.

Vielleicht bedurfte er des moralisch Verbotenen, um seine Lust zu steigern. Vielleicht erregte ihn nur eine unsichere Liebe. Vielleicht hätte er, wenn meine Mutter seine zweite Frau geworden wäre, das Spiel mit ausgewechseltem Personal von neuem beginnen müssen, um die häusliche Gleichförmigkeit zu ertragen. Doch Mutter glaubte jahrelang, daß sie ihm tatsächlich alles bedeutete. Inzwischen sagt sie verbittert, er habe immer nur das eine von ihr gewollt.

Jung waren beide nicht mehr. Mutter ging bei meiner Geburt auf die Vierzig, Vater vermutlich auf die Fünfzig zu. Während er abgesichert war und das Erreichte nur zerstören konnte, hatte sie noch ein Leben vor sich, das von Oma unabhängig sein und als das eigentliche gelten sollte. Ein Abbruch alles Bisherigen konnte nur Mutter wünschenswert erscheinen. Er hatte mehr als sie zu verlieren.

Als sie zum zweiten Mal schwanger war, wollte er nochmals eine Abtreibung erzwingen. Sie weigerte sich und hoffte insgeheim, ihn mit einem gemeinsamen Kind endgültig an sich binden zu können. Vielleicht sah sie mitten in der Verzweiflung beinahe ihre Träume verwirklicht. Doch Vater wollte mit keinem Balg belästigt werden. Weil er trotz panischer Tobsuchtsanfälle seinen Willen nicht durchsetzen konnte, brach er jede Verbindung zu ihr ab und zog mit seiner Familie in eine Kleinstadt, die auf der anderen Flußseite liegt.

Kinder werden auf der Gasse oft von den Großen gefragt, zu wem sie gehören. Ich hatte nie einen männlichen Namen anzubieten. Bei Raufereien auf dem Schulhof erfährt man, was es bedeutet, sich auf keinen rächenden Vater berufen zu können. Es ist, als fehlte einem eine rechtskräftige Urkunde, die auch dem Unterlegenen Schutz garantiert und die Stärkeren einschüchtert. Eine nervöse Mutter, die vor dem Dorf moralische Buße abzuleisten hat, macht keinen gewaltigen Eindruck.

Ohne Vater zu sein, bedeutete damals in unserer Gegend, ohne Grund und festen Boden aufzuwachsen, ohne Mitte und Orientierung umherzustreunen. Wenn ich als Kind nicht parierte, sagten die Leute, ich sei labil und werde es immer bleiben. Als Zehnjähriger verstand ich nicht, was sie damit meinten, doch der Tonfall war rechthaberisch und hämisch. In einer Gemeinschaft, die sich *Im Namen des Vaters* zu Gesetz und Verbindlichkeit verpflichtet, galten jene seltenen Kinder, die nicht lallend einen häuslichen Patriarchen anrufen und vor ihm erschrecken konnten, als seelische Nomaden. Für diesen Übelstand wurde nicht der abwesende Vater, sondern die anwesende Mutter verantwortlich gemacht.

Daß ich an Fasching in Clownskleidern auftreten mußte, während die Gleichaltrigen mit metallisch klackenden Stiefeln die Straßen verunsichern durften, paßte ins Bild vom schwächlichen Buben, der in der männlichen Welt nichts auszurichten hat. Während die anderen mit hochgebundenen Halstüchern, die zwischen Hut und Nase nur die lauernden Augen sichtbar werden ließen, im Spiel die Leute erschreckten, wandelte ich als harmlose Gestalt, als dummer August, als trister Pierrot, als nette Mitleidsfigur in den Gassen umher.

Gäbe es einen Mann, der mit Mutter lebte, müßte sie nicht alles, was in ihr wühlt, mit dem Sohn abhandeln. Den Sinn ihres Daseins hat sie von ihrem Kind abhängig gemacht. Krampfhaft giert sie nach Geborgenheit und bezichtigt es der Undankbarkeit und Feindseligkeit, wenn sein Verhalten nicht ihren Erwartungen entspricht. An ihm lebt sie eine Unzufriedenheit aus, die sie anderen gegenüber nur in gefilterter Gestalt zeigt. Vor ihren moralisierenden Drohungen und ihrer jammernden Zudringlichkeit konnte ich nie zu einem Vater oder zu Geschwistern fliehen. Mutter ist, seit Oma nicht mehr lebt, der Inbegriff und Restbestand meiner Familie. Im schlimmsten Sinne müßte sie sich, wenn alle Freundschaften zerbrächen und die Welt draußen bebte, als mein einziger Halt erweisen.

Ausgerechnet auf Drängen der Mutter habe ich Vater ein einziges Mal angerufen, um in ihrem Auftrag die seit Jahren ausstehenden Alimentenzahlungen anzumahnen. Es kam mir widerlich vor, mich am Telefon gegenüber einem wildfremden Mann als dessen Sohn auszugeben, nur um Geld einzuklagen. Ich wollte mich bei ihm nicht als jugendlicher Geschäftsmann einführen und ihn gleich beim ersten Kontakt als Schuldner anschwärzen. Doch Neugier siegte über den Widerwillen, ihn mit finanziellen Forderungen zu brüskieren. Um wenigstens einmal seine Stimme zu hören, kam mir jeder Vorwand gelegen.

Nach wenigen Sätzen war das Gespräch beendet. Zwei Wochen später kam mit der Post ein bescheidener Scheck, dem kein einziger Satz, nicht einmal ein Gruß beigefügt war. Erst Jahre danach konnte ich mir eingestehen, auf ein entgegenkommendes Wort gewartet zu haben. Doch er hatte nicht einmal höfliche Phrasen parat. Dabei paßte der Ton seiner tiefen, weichen Stimme überhaupt nicht zu den schäbigen Skizzen, die Mutter mir über Jahre hinweg mit beiläufigen Bemerkungen von seinem Charakter entworfen hat. Sie zeichnete ihn als verlotterten, verkommenen, versoffenen Textilwarenhändler, der systematisch sein Leben zerstört. Vermutlich kultivierte sie dieses Bild, um seinen Weggang zu verschmerzen.

Vielleicht konnte Vater während des Telefongesprächs nicht offen reden, vielleicht war er nicht allein und fühlte sich ausgeliefert, vielleicht hatte er Angst, peinliche Fragen nach dem Wer und Warum beantworten zu müssen. Der Notar erzählte mir, seine Kinder hätten erst nach seinem Tod von meiner Existenz erfahren.

Zu Hause gibt es keine sichtbare Erinnerung an ihn. In Mutters Photoalben sind an einigen Stellen Bilder herausgerissen. Doch es ist nicht ausgeschlossen, daß ich Vater vom Sehen zufällig kenne. Auch nach seinem Wegzug soll er in unseren Wirtshäusern ein und aus gegangen sein. Vielleicht bin ich ihm auf der Straße begegnet, vielleicht haben wir uns gegrüßt, wie es auf dem Land auch zwischen Leuten, die sich nicht kennen, üblich ist.

Während des Studiums lebte ich mit einem Freund

zusammen, der mich einmal beiläufig nach dem Namen meines Vaters fragte. Es stellte sich heraus, daß er an seinem Heimatort im Nachbarhaus lebte. Seine Miene ließ darauf schließen, daß er ihn nicht mochte. Ich habe nicht weiter nachgefragt.

Nachdem Vater meine Mutter mit dem Kind allein gelassen hatte, war sie auf die vertraute Umgebung weit mehr als bis dahin angewiesen. Weil Stigmata Wunden und Auszeichnungen zugleich sind, bezog sie aus ihrer Sonderstellung vielleicht sogar eine eigentümliche Freiheit. Seit ein paar Jahren sieht es so aus, als hätten nicht nur die Dörfler ihr, sondern auch sie ihnen verziehen.

Wenn ich zu Besuch komme, fahren wir manchmal in eine der umliegenden Kleinstädte zum Essen. Nach dem Herzinfarkt nahm Mutter sich vor, das Leben von der leichteren Seite zu nehmen. Bis dahin hielt sie es für Verschwendung, Geld dafür auszugeben, daß man sich bedienen läßt. Alles Notwendige konnte man im Laden gegenüber kaufen, oder es wuchs im eigenen Garten. Noch heute rechtfertigt sie sich im Restaurant für den maßvollen Luxus, den sie sich und mir gönnt. Die Speisekarte liest sie verschämt von rechts nach links, und während wir essen, beeinträchtigen Zahlen den Appetit.

Vor den Dörflern hatte sie sich jahrelang bescheiden gezeigt. Eines Tages kaufte sie sich wie zum Trotz einen Pelzmantel und eine Perücke. Beim Hochamt präsentierte sie, verwegen und unsicher zugleich, ihre Errungenschaften. Es blieb bei diesem einen Auftritt. Danach verschwand der Mantel mitsamt den falschen Haaren für immer im Schrank. Das scheinbar forsche Auftreten erschien ihr im nachhinein als allzu kühn. Trotzdem war von da an die Zeit der Demut vorbei.

Seit ein paar Jahren gönnt sie sich sonntags manchmal einen Morgen im Bett. Zwei Stunden vor dem Hochamt steht sie dann auf, schlägt die Fensterläden zurück, damit es draußen aussieht, als sei sie bereits auf den Beinen, und legt sich wieder hin.

Jetzt, wo ich von zu Hause weg bin, geht sie auf Reisen. Inzwischen kann sie von Paris und Rom und Malta, von der Türkei, vom Heiligen Land, vom Toten Meer und von der Via Dolorosa erzählen und hat, erstmals im Rentenalter, mit eigenen Augen Sand- und Felsstrände, Pinien und Palmen gesehen. Bis vor wenigen Jahren konnte sie sich nicht vorstellen, in ein Flugzeug zu steigen, weil ihr bereits auf einem Balkon schwindlig wurde. Seit die Angst überwunden ist, behauptet sie, nirgends sei es so schön wie in der Luft.

Verteidigt hat Mutter sich gegenüber ihren Dörflern nie, obwohl sie bis heute glaubt, mit der Abtreibung und dem unehelichen Kind für immer schuldig geworden zu sein. Die Ehe hält sie, wie alle Älteren hier, für heilig und behauptet, Frauen seien für den Haushalt geschaffen. Ihre Selbständigkeit empfindet sie nicht als nachahmenswert, obwohl sie oft betont, mit keiner anderen Frau tauschen zu wollen. Die allgemeine Meinung gilt ihr nach wie vor als Wegweiser, als dürfte sie aus ihren besonderen Erfahrungen keine eigensinnigen Gedanken ableiten.

Nur auf ausfällige Angriffe reagierte sie mit Stolz. Als eines der groben Mannsbilder sie während einer Gesangsprobe als Hure beschimpfte und laut darüber nachdachte, sie mitsamt dem schwangeren Bauch über die Empore hinabzustoßen, verließ sie, trotz vieler Bitten zu bleiben, den Kirchenchor für immer. Schlimmer muß die schleichende Distanzierung derjenigen Bekannten gewesen sein, mit denen sie bis dahin täglich zusammengekommen war und die sie für wirkliche Freundinnen hielt. Erst gestern erzählte mir eine Nachbarin, mit der sie bereits zur

Schule gegangen war und die sie längst wieder regelmäßig trifft, man habe damals, als »das da« gewesen sei, nichts mehr miteinander zu tun gehabt. Aus ihrem Mund klingt es so unschuldig, als ahnte sie nicht, was dieses Abstandhalten für Mutter bedeutet hat.

Heute sitzt sie aufgeräumt im Bett, hergerichtet für einen sonnigen Tag. Sie hat sich vorgenommen, ihre Zukunft nicht den ärztlichen Orakeln zu überlassen und will sich nicht mehr, wie noch vor ein paar Tagen, widerstandslos ergeben. Eine schwere Operation, redet sie sich selbst und mir ein, habe wenig zu bedeuten und jeder besitze, unabhängig von medizinischen Erkenntnissen, eine andere Lebenskraft. Sie ist zu kleinen Weisheiten aufgelegt und sagt: »Wer beherzt in die Zukunft schaut, dem kommt sie entgegen.« Ihr Gesicht hat Farbe angenommen, und die Schmerzen in der Brust sind dumpfer geworden, vielleicht ein Zeichen dafür, daß sie ganz nachlassen werden.

Bei offenem Fenster hört man vom Park herauf unregelmäßiges Hämmern und das gleichförmige Geräusch einer Mörtelmaschine, als beginne selbst inmitten des abgeschiedenen Ruheorts ein regsames Leben. Der leuchtende Himmel entspricht Mutters heutiger Hoffnung, ihr seien vielleicht noch viele Sommer vergönnt. Das sandige Rauschen der Mischtrommel, das Geklopfe der Kellen und die gegenseitigen Zurufe der Maurer klingen wie belebende Musik und beweisen, daß es noch viel zu tun gibt und das Leben weitergeht. Weil Mutter noch nicht heimdarf, wünscht sie sich Blumen aus unserem Garten, um wenigstens bei deren Anblick in der Nähe ihrer vertrauten Umgebung zu sein.

Die Pfingstrosen und Akeleien, die ich ihr mitbringe, können wir wieder nach Hause nehmen. Mutter darf morgen das Krankenhaus verlassen und zurück in ihre hintere Stube, in ihr Bett, in ihren Garten. Probeweise gehen wir im Park auf und ab, dessen Wege vom nächtlichen Regen aufgeweicht sind. Vom rissigen Gemäuer aus blicken wir in der frischen, feuchten, pflanzenduftenden Luft über die Stadt hinweg, die aus der Ferne ebenso wie der windstille Garten hier oben in morgendlichem Frieden zu ruhen scheint. Die stählernen Brücken über dem Fluß glänzen silbern in der Sonne, und hinter dem flach auslaufenden Land möchte man sich, eine halbe Tagreise entfernt, den Beginn des Meeres ausmalen und vergessen, daß weithin Wiesen mit gescheckten Kühen, sumpfige Riedgebiete, Korn- und Rapsfelder, Bergkegel mit Burgruinen und Wirtshäuser mit Pflanzen- und Tiernamen die Aussicht beherrschen. Geradeaus geht es, den breiter werdenden Fluß entlang, nordöstlich an den Alpen vorbei nach Böhmen am Meer, von wo aus man mit dem Schiff nach Sizilien übersetzt und eine Tagreise später im Land jenes *Fremden* anlangt, von dem ich niemals erfahren werde, ob ihn der Tod seiner Mutter wirklich unberührt ließ.

Zu Hause richte ich das Bett auf dem unteren Sofa her, damit Mutter nicht Treppen steigen muß und mit wenigen Schritten in der Küche und im Garten ist. Als ich sie im Krankenhaus abhole, beharrt sie darauf, vor der Heimfahrt in der Stadt noch Einkäufe zu erledigen. Als wir im Gewühl einen Parkplatz suchen, spürt sie, wie ihre Kräfte nachlassen. Doch sie versteift sich darauf, ihren Schwächegefühlen nicht nachzugeben. Beim Rundgang auf dem Markt atmet sie schwer und stützt sich auf mich. Als wir wieder beim Auto ankommen, ist sie völlig erschöpft. Bei der Ankunft daheim hat sie sich bereits wieder erholt und klagt über den verkommenen

Garten, den sie noch heute in Angriff nehmen will. Und allen ärztlichen Ratschlägen zum Trotz will sie morgen den verpaßten Frühjahrsputz nachholen. Allen anderen und sich selbst muß sie beweisen, auf fremde Hilfe nicht angewiesen zu sein.

Abends freut sie sich an ihrer Stube, in der sie schalten und walten kann, wie ihr zumute ist. In ihrer Höhle fühlt sie sich aufgehoben, von ihrem Sessel aus kann sie nach dem Strickkorb, dem Nadelkissen, dem Nagelfeilenetui, der Fliegenklatsche und der Zeitung greifen. Hier muß sie auf keinen Rücksicht nehmen und keinem dankbar sein. In dieser Hinsicht hat sie das Alleinsein über die Jahre hinweg schätzengelernt. Vielleicht kann ihr zu Hause das Schicksal weniger anhaben als in der Fremde.

Wenige Tage später schwinden ihre Kräfte zunehmend. Der ermüdende Leib fordert gegenüber dem Lebenswillen sein Recht. Das Drücken in der Brust nimmt zu, und Mutter krümmt sich stundenlang vor Schmerzen auf dem Sofa. Keine Lage ist ihr bequem, und auch das Fernsehen vermag nicht mehr von den Qualen abzulenken. Seit der Operation nimmt sie täglich lindernde Mittel, die immer weniger nützen. Wenn hilflose Nachbarn ihr Geduld anraten, wird sie unwirsch. Sie mag sich keine gutgemeinten Sprüche mehr anhören müssen, sondern endlich gesund werden. Störrisch bäumt sie sich gegen ihren Niedergang auf und wütet in verzweifelten Augenblicken gegen die klugen Doktoren, gegen die unbarmherzige Natur und gegen das beschwichtigende Gerede der Gesunden. Nach einem Besuch des Pfarrers spottet sie verbittert, Gottvertrauen lasse sich nicht von oben herab verordnen.

Wenn sie weint und wimmert, will die Wahrheit aus mir herausplatzen. Mit Mühe halte ich sie zurück, weil ich fürchte, ein Todesurteil zu verkünden. Ich flüchte mich dann in gutes Zureden und ablenkende Tätigkeiten, putze die Küche, sprenge den Garten und erledige unnötige Einkäufe.

Merkwürdigerweise träume ich in keiner einzigen Nacht von Mutters absehbarem Sterben, als möchte der Schlaf mich mit seinen vorbeiziehenden Bildern eigens von den Todesgedanken ablenken und mich an Schauplätze hinführen, die ungetrübt von Unglück sind. Als Kind schreckte ich bei zwei wiederkehrenden Traumszenen regelmäßig schweißgebadet auf: In der einen stürzte beim Betreten der obersten Treppenstufe in unserem Flur die Stiege zusammen und riß mich hinab in einen Schlund; in der anderen griff ich in einem von Schilf gesäumten See vergeblich nach Halt und wurde ertrinkend in eine unendliche Nacht hinausgeschwemmt.

Doch in diesen Tagen erscheint der Tod nicht einmal in Anspielungen oder Gleichnissen: keine einstürzenden Brücken oder rätselhaften Wortgebilde weisen auf Bedrohungen hin. Schlichte, friedliche und groteske Sequenzen beleben die nächtliche Bühne, Ereignisse, die zum Lachen sind und beim Aufwachen nie den Ehrgeiz anfachen, sie deuten zu müssen.

Als es Mutter wider Erwarten von einem auf den anderen Tag bessergeht, fahren wir zu jenem tiefblauen Karstsee, der unweit unserer Ortschaft wie in einem Märchenland am Fuß des Albaufstiegs liegt. Der Weg führt über die lutherischen Berge durch eine waldige Gegend, die noch menschenleerer und stiller als unsere Flußlandschaft ist. Hier oben hausen immer noch die Kobolde und Waldgeister aus Mörikes *Geschichte von der schönen Lau*. In dem Märchen heißt es, die Nymphe lasse, wenn sie böse sei, den *Blautopf* überlaufen. Unser Pfarrer behauptete dagegen, vermutlich ohne von Mörikes Version zu wissen, das Wasser sei einst bis zum Kirchenportal übergequollen, weil Kirchenräuber aus der Kapelle eine holzgeschnitzte Madonna stehlen wollten.

Bis heute glauben auch junge Leute, nachts stehe in den umliegenden Wäldern eine blütenweiß gewandete Frau am Straßenrand, die sich in nichts auflöse, wenn man anhalte, jedoch Unglück bringe, wenn man an ihr vorbeifahre. Auch solche, die sich nicht für abergläubisch halten, meiden, wenn es dunkelt, die Waldstraßen und nehmen dafür weite Umwege in Kauf.

Nach wenigen Schritten am See entlang muß Mutter sich setzen. Traurig schaut sie dem sich im Wasser spiegelnden Sonnengesprenkel zu, das durch die Bäume flutet. Ein Anflug von Friede leuchtet in ihrem erschöpften Gesicht, und zum ersten Mal offenbart ihr Blick ein willenloses Einverständnis mit dem Unfaßbaren. Im milden Abendlicht, das Dächer und Giebel samtig färbt, scheint die Zeit stillzustehen, als wollte die Natur ihr Glänzen für eine gedehnte Weile bewahren. Während ich das Auto hole, sitzt Mutter wehrlos da, auf die Friedfertigkeit der Passanten und Hunde angewiesen. Ich überlege, was geschähe, wenn man sie alleine auf der Bank zurückließe. Als ich zurückkomme, schaut sie immer noch müde vor sich hin, als habe ihr Lebenswille sich demütig dem Schicksal ergeben und versöhnt mit dem eigenen Niedergang. Der Himmel und das Licht, das er der Erde schenkt, lassen wenigstens in diesem Augenblick den anstehenden Abschied als ein gleitendes Naturereignis erscheinen, dem keine Gewalt anhaftet.

Mutter gönnte sich bisher selten Ruhe, nicht einmal nach dem Herzinfarkt. Auch wenn die Arbeit erledigt, der

Haushalt in Ordnung und der Garten gepflegt war, wirkte sie in Eile. Meist hat man den Eindruck, alles gehe ihr nicht schnell genug, auch wenn keine dringlichen Erledigungen anstehen. Leute, die sie nur in geselligem Rahmen kennen, empfinden ihre nervöse Energie als Lebhaftigkeit. Doch wer sie regelmäßig erlebt, spürt hinter der steten Erregung eine verzweifelte Rastlosigkeit.

Ihr unerwartetes, rasches Dahinsiechen mag ein letzter, beispielhafter Ausdruck ihrer überhitzten Seele sein. Es ist ihr nicht vergönnt, sich zurückzulehnen und ein sorgenarmes Alter zu durchleben und langsam zu verlöschen. Tatenlosigkeit setzte sie immer mit Müßiggang und Faulheit gleich und empfindet sie noch heute als Zeichen der eigenen Nutzlosigkeit.

Als wir einmal bei einer Tante am Bodensee Ferien machten, putzte sie von morgens bis abends die Fenster, Fliesen, Treppen und Toiletten, entstaubte alle Lampen, räumte den Geräteschuppen auf, entrümpelte die Abstellkammer, verschönerte die Laube, stutzte die Hecken und jätete die Beete. Beim Abschied glänzte dasselbe Haus, das bei der Ankunft bereits sauber war, spiegelblank. Umsonst wollte sie nicht zu Gast sein und hoffte, daß man noch Jahre danach von ihrer Tüchtigkeit spricht. Sie mag in keiner Schuld stehen und kann ohne Gegengabe keine Geschenke annehmen.

Zuletzt gingen wir gemeinsam im vergangenen Sommer an unserem Stausee spazieren, der vor dem Dorf bei den Flußwiesen liegt. Als Kind hatte Mutter noch in ihm gebadet, was sich heute keiner mehr vorstellen mag. Während der seltenen Winter, in denen er gefroren ist und die Sträucher und Bäume rundum im Rauhreif glitzern, umklammert das Eis die tiefhängenden Zweige der Trauerweiden, während Schlittschuhläufer die Stille mit Zurufen füllen. Als Kind zog ich mit Oma zusammen alle paar Wochen unseren mit Abfall überhäuften Holzkarren am Uferweg entlang zur Müllhalde, die hinter jenem trübgrünen, von Schilf eingefaßten Altwasser aufragte, das einst zum See gehörte. Im Winter knirschten die Schuhe und eisenbeschlagenen Karrenräder im Schnee, im Frühjahr paarten sich nach starken Regenfällen Hunderte von aufgeblähten Fröschen in den zu Tümpeln verwandelten Traktorspuren. Weit und breit war die Müllhalde der einzige Ort, an dem man jenen Vogel, der sich selber ruft, hören konnte. Meistens warteten wir vergeblich auf seine Terzen, und zu Gesicht bekamen wir den Kuckuck nie. Im Sommer übertönte das schrille Surren der Grillen die Geräusche der Mähdrescher auf den Feldern und der Autos, die auf der Landstraße an unserem Dorf vorbeifuhren. Die Müllhalde, über der stets ein schmaler Rauchstreifen schwebte, wirkte zu jeder Jahreszeit wie ein verruchter Ort. Oma verbot mir immer, ihn über die äußeren Ränder hinaus zu betreten, weil man nie wisse, was sich im Inneren verberge. Längst hat man den Schutthügel eingeebnet und in Ackerland verwandelt.

Im letzten Sommer wurde das Wasser des Stausees abgelassen, um das Wehr instand zu setzen. Die Vögel, Schwäne, Enten, Sumpfhühner und Gänse, die bis dahin in Scharen im Wasser hausten, verschwanden von heute auf morgen, und Sumpfpflanzen überwucherten das Gelände. Mit der einkehrenden Stille, dem Ausbleiben des Piepsens, Krächzens und Rufens, herrschte plötzlich eine unheimliche Ruhe. Das nahezu sichtbare Wachstum der Pflanzen, die sich zu einem sumpfigen Urwald verdichteten, ängstigte einen vor dem wildwuchernden Gedeihen dieser stummen, unerbetenen, triebhaft sich ausbreitenden Natur. Jene Esche mit ihren üppigen Ästen und Zweigen, die inmitten des Sees auf einer winzigen Insel emporragt, war nach wenigen Tagen nicht mehr sichtbar. Diese in die Höhe schießenden Gewächse zerstörten das schöne Trugbild einer friedlich gedeihenden Vegetation. Doch später kamen mit dem Wasser auch die Tiere wieder zurück.

Wenige Stunden vor seinem Tod erzählte Sokrates seinen ungläubigen Freunden, bevor es ans Sterben gehe, sängen die Schwäne am schönsten, weil sie sich darauf freuten, den Schmerz des Daseins bald überwunden zu haben und sich wieder in den ungeschiedenen Elementen auflösen zu dürfen. In dieser Perspektive zeigt der Tod sich als Entlastung von einer Lebensanstrengung, die selbst im Schlaf, der uns mit unruhigen Träumen quält, nicht zur Ruhe kommt. Demnach ist der Tod ein allerletzter und allerhöchster, das Leben abschließender Sonntag, die endgültige Entspannung, die Einkehr des Seinlassens, die vollendete Erschöpfung.

In unserer Gegend erniedrigt der religiöse Glaube nicht nur das Diesseits, sondern entwertet mit seinen Höllenvorstellungen auch das Jenseitige zu einem Ort endloser Martern, als genügten die irdischen Leiden noch nicht. Die apokalyptischen Visionäre scheinen das schmerzfreie Nichts mehr zu fürchten als immerwährende Foltern. Der Blick hinauf zu ihrem Gott versperrt ihnen nicht nur die Sicht auf die irdische Weite, sondern läßt sie auch vor dem Drüben erzittern.

Von Abraham heißt es im Alten Testament, er sei lebenssatt mit hundertfünfundsiebzig Jahren gestorben. Onkel Max, Onkel Karl und Onkel Dolf wurden dieses Glücks nicht teilhaftig. Der eine siechte jahrelang dahin, ohne sich noch regen zu können, der andere stierte, um sich den Abschied zu vergällen, wie besessen in seine sündige Seele, der dritte wurde von unsäglichen Schmerzen daran gehindert, sein Leben noch einmal in Ruhe an sich vorüberziehen zu lassen.

Manchmal sehe ich durch lachende Sommermünder hindurch die Fratzen des Todes, und die weißen Zähne verweisen auf kahle Schädelknochen; das Antlitz verzerrt sich dann vexierbildhaft zur Eigentlichkeit. Plötzlich kommt die endgültige Starre, das vom Fleisch entkleidete Skelett zum Vorschein. Dieser unwillkürliche Blick stellt sich nicht bei Alten und Ausgelaugten, sondern bei lebenskräftig strahlenden Gesichtern ein, als bedürfe der Übergang von der Fülle zur Asche keiner langwierigen Metamorphosen, sondern lediglich eines einzigen Augenblicks, in dem sich beides gleichzeitig offenbart. Die wehenden Haare zeigen sich als abgestorbenes Material und energieloses Gewebe, das im Inneren der Kapillaren keine Kraft mehr besitzt und nur noch vom Wind bewegt wird.

Seit gestern kann Mutter fast nichts mehr zu sich nehmen. In der Hoffnung, ein leichtes Essen widerstrebe ihrem Leib nicht, habe ich Flundern im Wasserbad gegart. Mutter fühlt sich wie ausgedörrt. Bis vor wenigen Tagen duschte sie, wie früher immer, morgens kalt, um den Kreislauf anzuregen. Sie brachte die Prozedur wie zum Trotz hinter sich, um die Lebenskräfte gewaltsam aufzuwecken.

Seit Mitternacht versucht sie Wasser zu trinken, doch es gelingt ihr nur noch tropfenweise und gegen die Abwehr der Speiseröhre. Sie zittert am ganzen Leib und kann sich nur mühsam im Bett aufrichten. Auf Anraten des Arztehepaares schleppe ich sie am Morgen zum Auto, um sie in die Klinik zu bringen. Sie ist auf mich gestützt, wie in Auflösung begriffen, als möchte ihr ganzer Leib vor Erschöpfung und Verzweiflung weinen. Ich weiß nicht, ob ihr bewußt ist, daß sie ihr Haus, in dem sie von Geburt an gelebt hat, nie wiedersehen wird. Wüßte auch sie es, müßte sie dann nicht den Leuten, die gerade auf der Straße sind, zuwinken, ihnen zum allerletzten Abschied die Hände schütteln und vor Trauer zergehen? Bei klarem Bewußtsein müßte sie mit ihren Blicken all das, was ihr Leben ausmacht, ein letztes Mal und endgültig aufsaugen, festhalten und mitnehmen, um es in jenen Zustand hinüberzuretten, dem sie bald ausgeliefert sein wird.

Im Sommerlicht fahre ich mit ihr unter einem weithin blauen Himmel in das benachbarte Kreiskrankenhaus und nicht in jene Universitätsklinik, in der sie operiert wurde. Obwohl bei der Einweisung jeder sehen kann, daß sie sich nicht mehr auf den Beinen halten kann, muß alles seinen geregelten Gang gehen. Anstatt ihr sofort ein Bett zuzuweisen, wird ausführlich die Anamnese aufgenommen und nach dem diagnostischen Befund gefragt. Dabei bat Mutters Arztehepaar den diensthabenden Doktor telefonisch bereits um eine möglichst formlose Aufnahme. Ohne meine Hilfe in Anspruch nehmen zu dürfen, wird Mutter in eine Röntgenkammer bugsiert, in der sie sich mit ihren letzten Kräften am Gestänge des Durchleuchtungsapparates festhalten muß. Danach wird sie auf eine Waage gehievt, damit auf einem amtlichen Papier ihr genaues Gewicht festgehalten werden kann. Man inszeniert eine sinnlose Geschäftigkeit, als sei sie noch zu retten. Ich hätte sie überhaupt nicht hierherbringen sollen.

Endlich wird sie in ein Krankenzimmer gebracht, wo sie inmitten röchelnder und neugieriger Spukgestalten, die wie aus dem Jenseits herübergehuscht wirken, im einzig noch freien Bett zusammensinkt. Sie wird diese Station nicht mehr lebend verlassen.

Das Zimmer liegt ein Stockwerk über der einstigen

Kinderabteilung, in der ich früher viele Wochen und Monate zubrachte. Zum ersten Mal seit zwei Jahrzehnten betrete ich diese Räume wieder. Den Empfangsraum für die Besucher und die Flure habe ich weniger kahl und weniger verrottet in Erinnerung. An Stelle des Sofas und der Sessel stehen neben einer demolierten Telefonzelle und einem Getränkeautomaten ein paar Röhrenstühle herum. Als Mutter und Oma mich damals an den Sonntagnachmittagen besuchten, zögerten sie den Abschied jedesmal, solange es ging, hinaus. Wir saßen zu dritt auf dem Sofa, bis eine Krankenschwester die beiden zum Gehen drängte.

Ich nehme mir vor, während Mutters Abschied keinen Alkohol zu trinken, um nicht, wie so oft, den Blick und die Seele zu trüben und das schwer Erträgliche im Diffusen verschwimmen und den Schmerz ins Ungefähre abgleiten zu lassen.

Als offensichtlich ist, daß es zu Ende geht, lasse ich einen Pfarrer rufen. Ein junger Vikar, der wie ein braver Student aussieht, kommt barfüßig in Sandalen, mit brauner Kordhose und kariertem Wollhemd, als wollte er absichtlich keine Augenfreuden erregen, ein abstraktes Wesen bleiben und nur pflichtgemäß seine frommen Geschäfte verrichten. Ich beobachte ihn halb von der Seite, halb von hinten über die Schulter hinweg und wundere mich, wie sehr die blasse Erscheinung meine Wahrnehmung bannt. Am Sterbebett der Mutter rückt unversehens Nebensächliches in den Mittelpunkt.

Von den Gebeten, dem *Vaterunser* und dem *Gegrüßet seist du Maria*, die mir als Kind Tausende Male gedankenlos über die Lippen gingen, habe ich jeweils nur die ersten Worte behalten. Es ist, als hätte ich mein erstes Alphabet vergessen. Der Vikar bemerkt es und verbirgt nur schlecht sein Schmunzeln. Er spürt, daß ich seinesgleichen nur in schlimmster Not rufen lasse. Obwohl Mutter nicht mehr sprechen kann, fragt er sie, weil es zum Ritual gehört, ob sie noch etwas zu beichten habe. Es ist ihr nicht möglich, zu nicken oder den Kopf zu schütteln. Doch als er nach ein paar weiteren Gebeten ein Marienlied anstimmt, richtet sie sich mit letzter Kraft auf und bricht mit einem äußersten, unbedingten Eifer und sichtbarer Begeisterung Silben und Töne aus sich heraus, ihr letztes irdisches Gotteslob, das Abschiedslied, als sei das Singen nochmals eine Danksagung an die sich für immer verschließende Welt. Grobiane haben einst die Schwangere aus dem Kirchenchor vertrieben, doch die Lieder hat sie sich nicht nehmen lassen. Es ist, als erwachte sie des Jauchzens wegen noch einmal zum Leben, um erst nach einem letzten melodiösen Aufschwung endgültig niederzusinken und zu verstummen.

Von einer sichtbaren Verschlimmerung ihres Zustands kann von jetzt an keine Rede mehr sein. Ich flehe sie immer wieder an, nochmals wach zu werden, mich anzuschauen, mir etwas zu sagen, hierzubleiben und mich nicht zu verlassen. Dann fürchte ich wieder, mein Rufen könnte sie schmerzen, weil sie die Regungen ihres Leibes nicht mehr beeinflussen kann. Trotzdem will ich sie wachrütteln, sie zwingen, mir ein letztes Mal zuzuhören und mir zu antworten, um mit versöhnlichen Sätzen den gemeinsamen Lebensbogen abzuschließen.

»Es war alles gut so, wie es war«, sage ich ihr, in der Hoffnung, sie mit diesen Worten in Frieden gehen zu lassen. Da öffnet sie die Augen, reckt sich noch einmal empor und sagt mit unverhoffter Energie und lachenden Augen: »Mach dir nichts vor, ich war auch ein altes Lästermaul.« Sie hintergeht die voreilige, aus der Not geborene Versöhnung und sorgt im Abschiedsröcheln dafür, daß die gemeinsame Spanne Zeit nicht unwahrhaftig, aber gerade dadurch in sich stimmig und dabei unerwartet erlösend zu Ende geht. Ich kann mich nicht entsinnen, je das Wort Lästermaul aus ihrem Mund gehört zu haben. Mit Mutters abschließendem Satz beginnt eine Friedenszeit, die nichts vom Gewesenen beschönigt.

Stundenlang verändert sich ihr Zustand nicht. Hin und wieder nicke ich auf der Pritsche ein, die mir die Krankenschwester als Nachtlager überlassen hat. Wenn ihr Atem sich verändert, für einen Augenblick innehält, lauter oder leiser wird oder das Röcheln einen neuen Pfeifton anstimmt, schrecke ich auf und denke, es sei gleich zu Ende. Doch die ächzenden Atemgeräusche pendeln sich mit regelmäßigen Unterbrechungen ein, und es könnte ewig so weitergehen. Zwischendurch rufe ich ihr laut zu, sie dürfe noch nicht gehen, wie aus weiter Entfernung, als könnte sie mich bereits nicht mehr hören. Nach Mitternacht hängt die Krankenschwester die Infusionsflasche ab und nimmt ihr das Gebiß heraus. Immer wieder rede ich auf sie ein, damit sie sich nicht alleine fühlt.

Die Augen von Sterbenden leben, bereits bevor sie in das ganz andere hinübergehen, nicht mehr in dieser Welt, auch wenn die Lider offen sind. Gegen Ende spielt sich nichts mehr ab, was der am Bett Stehende zu deuten vermag. Beide, der Dahingehende und der Zurückgelassene, irren in diesen langen Augenblicken in schwebenden Räumen. Ein letztes Mal sind sie sprachlos in einer Welt unendlicher Fernen beieinander. Einer von ihnen geht seiner eigenen Zerstörung entgegen und darf nur Erinnerungen zurücklassen, über die er nicht mehr verfügen und die er nicht mehr beeinflussen kann.

Am Morgen treibt es mich aus dem Zimmer hinaus, obwohl ich fürchte, gerade während meiner kurzen Abwesenheit könnte sie sterben. Doch in dem engen Raum halte ich es ohne Bewegung nicht ständig aus. Die Stunden vergehen, ohne daß sich etwas ändert. Immer wieder gehe ich für eine kurze Weile im Flur auf und ab oder zum Kiosk in der Eingangshalle oder drehe eine Runde um das Klinikgebäude. Die Krankenschwester sagt, Mutter atme unruhiger, wenn ich draußen sei. Wenigstens in den letzten Augenblicken soll sie das Gefühl haben, nicht völlig alleingelassen zu sein. Ihre Zunge und die Lippen saugen gierig an den Zitronenstäbchen, die eine Schwester gebracht hat. Es geht so weiter, noch einen ganzen Tag und eine ganze Nacht.

Mutter stirbt an einem Sonntagmorgen. Nach drei grauen Sterbetagen leuchtet der Himmel in wolkenlosem Licht.

Eine mädchenhaft junge Krankenschwester, die gerade den Schichtdienst antritt, bringt mir eine Kerze mit Streichhölzern und bemüht sich, obwohl morgenfrisch und fröhlich im Gesicht, um einen traurigen Blick. Am Totenbett von Oma und Onkel Max wurden zum Zeichen dafür, daß sie ein Leben im rechten Glauben abrunden durften, die Tauf- und Kommunionskerzen angezündet. Auch die schmucklose Krankenhauskerze ist bereits zur Hälfte abgebrannt. Sie leuchtet matt in der hellen Sommerfrühe. Seit das röchelnde Schnaufen aufgehört hat, hört man, von wenigen Schritten auf dem Flur unterbrochen, die Stille.

Ein Bestattungsunternehmer holt Mutter ab, läßt ihren bereits steif gewordenen Leib vom Bett auf eine Pritsche hinabgleiten, schubst ihn, bis er richtig auf dem Karren liegt, wirft ein Tuch darüber, schiebt ihn den Korridor entlang, läßt ihn vor dem Dienstzimmer der Krankenschwestern an der Wand stehen und schäkert mit ihnen. So verschafft er sich bei einem trostlosen Geschäft seine kleinen Freuden. Als die Kichernden bemerken, daß ich mich von ihnen verabschieden will, verstummen sie und geben sich betroffen. Sie dürften sich die Mitgefühlsmienen sparen. Sie haben keinen beleidigt.

Das Abschiednehmen findet zunehmend aseptischer statt. Bei Onkel Max erledigten die Angehörigen noch alles, was anstand, ohne fremde Hilfe. Sie wuschen die Leiche und steckten sie in Festtagskleider. Bei ihm daheim wurde drei Tage und Nächte lang am Sarg die Totenwache gehalten, bevor die schwarz drapierte Kutsche kam und ihn noch einmal zur Kirche und dann zum Gottesacker hinausfuhr.

Heutzutage regelt von Anfang an nahezu jede Kleinigkeit das Bestattungsinstitut. Man geht nach Hause, wird mit keinen dringlichen Geschäften vom plötzlichen Alleinsein abgelenkt und muß sich an die entseelten Zimmer und Stuben gewöhnen. Außer dem Aufsetzen einer Todesanzeige und einem Anruf im *Adler*, wo der Leichenschmaus stattfinden soll, habe ich nichts hinter mich zu bringen. Außer dem Kauf einer schwarzen Hose und eines weißen Hemdes stehen keine Erledigungen an.

Je länger ich in der Leichenhalle auf die tote Mutter starre, desto leerer wird der Blick, der in ein Augen-Gähnen und gefühlloses Stieren übergeht. Vielleicht entsteht in der Seele eine dumpfe Dämlichkeit, um sich vor einem unfaßbaren Schrecken zu schützen. Ich sehe eine wächserne Maske vor mir, die nichts Bestimmtes ausdrückt. Dem Fassungsvermögen ist alles zuviel geworden. Es flüchtet sich in eine Leere und paßt sich dem erstarrten Gegenüber an. Beim Weggehen stelle ich mir vor, es schmerze Mutter, zum Schweigen verdammt zu sein, einfach so daliegen zu müssen und auf nichts mehr antworten zu können. Vielleicht spürt sie mich, aber kann es nicht zeigen. Vielleicht liegt sie wach, ohne sich rühren zu können. Vielleicht gehen ihr Gedanken durch den Kopf, die sie nicht mitteilen kann.

Ein Leichnam offenbart die erbärmliche Hilflosigkeit des menschlichen Leibes, die er von der Stunde seiner Entstehung an in seinen Eingeweiden trägt. Im Kampf gegen diese angeborene Ohnmacht und das Alleinsein vergehen die Tage. Der tote Leib versinnbildlicht im nachhinein das durch nichts zu beschönigende Leben und zeigt das Grauen einer Einsamkeit, an dem er nicht mehr leidet.

Manchmal sehne ich mich nach einer bergenden Großfamilie, deren In- und Durcheinander diese Not vielleicht vergessen ließe. Doch in einem solchen Geflecht mag es andere Einsamkeiten geben, schlimmere vielleicht, die inmitten eines engmaschigen Netzes zutage treten. Mutter sagte oft: »Zu Hause in meiner hinteren Stube fühle ich mich allein am wohlsten.« Sie redete es sich ein und deutete ihre Not in eine selbstgewählte Entscheidung um. Einerseits habe ich ihr diese Behauptung nie wirklich geglaubt, andererseits mußte sie in ihren eigenen vier Wänden keinem Rede und Antwort stehen und sich vor niemandem rechtfertigen.

Ich warte darauf, daß ihr Leib nochmals aufatmet und der Mund sich für ein letztes Abschiedswort öffnet. Wüßte ich, daß dies sicherlich nicht der Fall sein wird, fiele es mir leichter zu gehen. Auch Dinge, Tassen, Bücher, Schränke, Steine, Häuser können sich regen, verrutschen, in sich zusammensacken. Vielleicht liegt Mutter nicht gut und muß sich für die kommende lange Zeit in einer besseren Stellung einrichten. Ich möchte ihr dabei helfen.

Es heißt, der Schlaf sei der Bruder des Todes. Doch die bläuliche Haut, die schwarzgrauen Lippen, der wächserne Teint, die starr gefalteten, knochigen Hände machen es einem schwer, diesem beschönigenden Bild zuzustimmen. Der verfärbte Leib sieht in der feuchten, moderig riechenden Leichenhalle nicht wie ein vorübergehend ermüdetes Wesen aus, das von der Natur mit dem Gnadengeschenk eines gesteigerten Schlafes bedacht wurde, um sich für einen neuen Morgen zu erholen und ein gleitendes Auf und Ab des Lebens harmonisch zu bestätigen. Der Vergleich mit dem tiefen Schlummer ist zu elegant und unterstellt, der Tod sei ein bewahrender Schutzgott und keine gewalttätige, das Leben ausrottende Macht.

Am Tod gemessen, wirkt das Leben wie eine einzige Schlaflosigkeit, ein ständiges Lauern und Wachsamsein, eine stete Anspannung. Mutter ist jetzt davon befreit, sich zusammennehmen, sich mäßigen, sich als gesellig erweisen zu müssen. Sie muß sich in keiner Weise mehr verhalten und kann von keinem mehr verletzt und enttäuscht werden.

Die Schwäne des Sokrates freuen sich auf ihr Ende, auf das Einswerden mit der Natur, auf den Abschied von den leiblichen Hüllen. Sie beklagen nicht die Vergänglichkeit und trauern nicht dem Gewesenen nach, sondern besingen die Überwindung der irdischen Einsamkeit. In jedem Schmerzensgesang verbirgt sich eine heimliche Hymne. Im letzten Lebensaugenblick fällt der Beginn des tatsächlichen Alleinseins mit dessen Ende zusammen. Das krampfhafte Spiel von Anziehung und Abwehr ist für immer überwunden.

Vielleicht haben wir beide uns zu sehr darauf versteift,

es müsse alles anders, besser, leichter, gelassener zwischen uns werden. Wir haben uns mit der Kluft zwischen Sein und Sollen gequält, anstatt die Streitigkeiten selbst ernster zu nehmen und die Träume von einem ungreifbaren Frieden fahren zu lassen, die stets zu neuen Enttäuschungen führen mußten. Wir hätten das Spiel von Schuld und Sühne vergessen müssen. Doch in dieser Gegend lernt man von früh an, nur in den Kategorien des Guten und Bösen zu denken.

Zu Hause stehen die alltäglichen Dinge herum, als warteten sie auf Mutter: Die Brille liegt griffbereit auf der Kommode neben ihrem Sessel, abgelegt auf der aufgeschlagenen Fernsehbeilage der Zeitung, mit dem Programm von vor drei Tagen, auf dem Boden der Korb mit dem Strickzeug, den Wollknäueln und langen Holznadeln. Im Spülbecken liegt das Besteck vom letzten Abendessen, bei dem Mutter keinen Bissen mehr schlucken, auf ihrem Nachttisch steht das Wasserglas, aus dem sie nur noch tropfenweise trinken konnte. In der letzten Nacht, die sie zu Hause verbrachte, schreckte ich im Halbschlaf auf, als ich das Glas durch die Wand auf den schafwollenen Bettvorleger fallen hörte. Es muß ein kaum vernehmbares Geräusch gewesen sein. Ich rannte in die Stube. Am ganzen Leib zitternd, saß Mutter auf der Bettkante. Ihr Rachen war so ausgetrocknet, daß sie kaum mehr sprechen konnte.

Das Telefon, die Kerzen, die Bilder an der Wand, der Kalender, selbst der Fernseher, all diese Dinge wirken nackt, als verlören sie ohne jenes Augenpaar, das sie täglich gestreift hat, ohne jene Hände, die ihnen einen Platz zugewiesen, sie angefaßt und sorgsam behandelt haben, jeden Sinn. Sie sehen aus, als hätten sie sich in eine Unberührbarkeit zurückgezogen, um jedem, der sie anfaßt, zu bedeuten, daß sie ihre eigentliche Bestimmung verloren haben und sich von fremden Händen mißbraucht fühlen. Ihr Anblick schmerzt mehr als der Gedanke an Mutters Tod, weil die verwaisten Dinge eine Leere sichtbar machen, die ihr Weggang hinterlassen hat.

In der hinteren Stube, der Küche, im Flur, in allen Zimmern fehlen jetzt der Rhythmus und der Ton von Mutters Schritten und ihrer Stimme, der erregte Atem ihrer schnell hingeworfenen Sätze, ihr Kichern und Schimpfen, ihre Bewegung und Unruhe, es fehlen die klackenden Absatzgeräusche auf dem Fliesenboden, das schnelle Umdrehen des Schlüssels in der Haustür, es fehlt jene atmosphärische Anwesenheit, die auch während ihres vorübergehenden Wegseins spürbar blieb. Hier werden in Bälde Leute ein und aus gehen, die mit ihr nie etwas zu schaffen hatten.

Ich gehe mit einigen von Mutters Bekannten ins Leichenhaus und erwähne, sie habe unmittelbar nach dem Sterben friedlicher ausgesehen als jetzt, nachdem Bestattungskosmetiker sie mit Gesichtsfarbe bearbeitet und ihre Backen mit Wattebällchen ausgestopft hätten. Ich habe niemanden dazu beauftragt, aber die Schminkerei gehört wohl zum routinierten Geschäft und heutigen Standard. In meinem Rücken höre ich eine Nachbarin flüstern: »Stellt euch vor, jetzt ist dem Sohn die Leiche nicht schön genug.«

Als ich zum letzten Mal bei ihr bin, zögere ich den Abschied von Minute zu Minute hinaus. Zutritt zur Leichenhalle gewährt einem ein Angestellter des Bestattungsinstituts. Die Tür mit dem Knauf ist von außen nicht zu öffen. Wenn sie hinter mir zufällt, müßte ich, um Mutter nochmals zu sehen, erneut um Einlaß bitten. Um nicht verwirrt zu wirken, will ich mir keine wiederholte Anfrage erlauben. Ein letzter Blick auf Mutters Leib, auf den Sarg, auf ihr starres Daliegen will nicht gelingen. Ich fürchte, beim Weggehen zum Täter zu werden, der sowohl sein eigenes als auch ihr Einsamsein endgültig bestätigt. Es kommt mir wieder so vor, als habe nicht längst das Schicksal über die Trennung entschieden, sondern als liege sie in meiner Hand. Eine vernunftlose innere Stimme will mich glauben machen, sie nehme mein Weggehen als einen ihr absichtsvoll zugefügten Schmerz wahr. Mehrere Male, als ich den Türgriff bereits in die Hand genommen habe, drängt es mich zum Sarg zurück. Ein Hin und Her setzt ein, das den Annäherungen und Fluchten ähnelt, die unser mißlingendes Miteinander prägten. Meine Angst, ein letztes Mal schuldig zu werden, zeigt, wie wenig ich im tiefsten Grund an die tyrannische Gewalt der Natur zu glauben bereit bin. Der Wahn, sich selbst zum Verursacher des Auseinandergehens zu stilisieren, und der Glaube, die Sünde des tödlichen Abschieds auf sich nehmen zu müssen, reden eine eigene Sprache, die in Augenblicken wie diesem den kühlen Verstand übertönt.

Holofernes kommt am Vorabend der Beerdigung. Abends sitzen wir im Garten. Nachbars Gänse schreien, die Spatzen baden im Sand, die Schwalben fliegen tief, also kommt morgen Regen. Wir sitzen hier draußen bis in die frühen Nachtstunden, trinken wie immer, wenn wir zusammen sind, und selbst das Lachen will noch gelingen. Die Freude darüber, nicht allein zu sein, überwiegt die trüben Gedanken, ohne sie auszublenden.

Zur Totenmesse erscheinen die Ministranten in klobigen Turnschuhen, die zu den violetten Kutten nicht passen. Immer wieder starre ich während der Liturgie auf die unförmigen Plastikdinger. Auf Kleiderordnung habe ich nie großen Wert gelegt, doch heute stört mich die sportliche Ungezwungenheit. Jahrelang war ich als Ministrant stolz darauf, das Rauchfaß schwenken und aus nächster Nähe den süßlichherben Duft der orientalischen Harzkörner einatmen zu dürfen. Mutter wollte, daß ich auch an den Werktagen den Meßdienst in den schwarzen Sonntagsschuhen versehe.

Während der Präfation ruft der Pfarrer wie zum Gotteslob: »Unsere Schwester ist dahingegangen«, und der Chor hebt zum *Et lux perpetua* an, wiederholt es in stets kräftigeren Aufschwüngen, als möchten die Sänger selbst in den Äther hinauf. Das *Confiteor deo* hatte ich früher, auf den Altarstufen kniend, Tausende Male aufgesagt, mir an die Brust geklopft und *mea culpa, mea culpa, mea maxima culpa* gemurmelt. Heute hat die Liturgie ihre düstere Würde verloren und ist nüchterner geworden. Bei seiner Predigt erwähnt der Pfarrer allerlei Lebensstationen der Toten und rühmt sie als tapfere und fleißige Frau, spart aber aus, daß sie ein Kind zur Welt gebracht hat. Zum Abschluß singt der Chor das *Ave verum*, Mutters liebstes Lied, Mozarts traurigschöne Lichtmusik.

Auf dem Weg zum Friedhof, am alten, längst gelichteten Klostergarten vorbei, hinter dem Leichenwagen schreitend, dessen Auspuff zur Seite hinausragt, damit der Pfarrer und die nächsten Verwandten die Abgase nicht geradewegs einsaugen müssen, schaue ich gelangweilt zum Himmel, der zwischen zerstiebenden Wolkenfetzen ein stählernes Blau freigibt, und sehe mich mit dem inneren Auge als Teilnehmer eines wiederkehrenden Rituals, als erlebte ich die Prozession wie in einem Film, in dem ich mich wie einen Fremden betrachte. Wie früher beim Ministrieren kommen mir groteske Situationen in den Sinn: Alle fangen plötzlich an zu stolpern, der Pfarrer verspricht sich ständig, die Liturgie endet in schallendem Gelächter. Ich muß mich zwingen, nicht zu grinsen. Während tiefernster Momente scheint die Seele dafür zu sorgen, nicht in zuviel Würde zu ertrinken.

Hier draußen auf der Straße sehen die Turnschuhe der Ministranten weniger häßlich als auf den Altarstufen aus, die Weihrauchschwaden verwehen, ohne Duft zu hinterlassen, an der frischen Luft, und die Misthaufengerüche sind nicht mehr allgegenwärtig wie damals, als wir an jedem Sonntagnachmittag zu dritt zum Gottesacker spazierten. Auf den Wiesen und Feldern, die einst den Weg säumten, stehen seit Jahren gleichförmige Neubauten mit bunten Markisen, ein fensterloses Schützenvereinsheim und eine Autowerkstatt.

Auch der Bestattungsablauf hat sich geändert. Der Sarg wird nicht mehr vor den Augen der Anwesenden in das ausgehobene Erdloch hinabgelassen, sondern erst nach Abschluß der Trauerfeier versenkt, um den Nahestehenden diesen schlimmsten der zeremoniellen Augenblicke, in dem man den Toten nochmals an sich reißen und sich an ihm festkrallen möchte, zu ersparen. Der Totengräber erledigt das abschließende Geschäft, während wir auf dem Weg zum Leichenschmaus sind.

Die Krähen sind wieder da und stolzieren auf den Äkkern. Es sind schöne Totenvögel, die selbst in der Rotte wie Einzelgänger wirken.

Beim Leichenschmaus bekomme ich von allen Seiten Geld zugesteckt, was mich erstaunt, weil an einem solchen Tag eigentlich keine Geschenke angesagt sind. Ich hatte vergessen, daß die Gaben nicht für mich, sondern für den Pfarrer bestimmt sind, damit er noch über Jahre hinweg regelmäßig Seelenmessen für Mutter lesen kann.

Eine weitläufige Verwandte erzählt mir, Mutter habe seit

Jahren Angst davor gehabt, einst wie Oma im Alter wirr zu werden. Jetzt sei ihr das erspart geblieben. Sie scheint vorauszusetzen, daß es so hätte kommen müssen.

Überhaupt wird heute der Tod als Gnadengeschenk beschworen, weil er alle Ungewißheit und weitere Not abschafft. Vor wenigen Monaten hielten noch alle, die mich jetzt trösten, Mutter für auserwählt, weit über hundert Jahre alt zu werden.

Das schnelle Sterben hat sie um ein langsames Hinübergleiten betrogen. Für eine lange Altersmüdigkeit und ein gleitendes Dahindämmern war sie nicht geschaffen. Nach einem von steter Anspannung geprägten Leben dauerte die Zeit des Zerfalls nur wenige Wochen.

Zunehmend munterer wogen im Wirtshaus die Reden und steigern sich von Tisch zu Tisch, dies und das und jenes und immer noch eine kleine und kleinste Geschichte häuft sich auf die andere, an alles erinnert man sich gern, weil die Anekdoten beweisen, daß die Welt von jetzt an ohne Mutters Munterkeit auskommen muß und leerer sein wird. Alle meinen es heute gut. Das weiß man, und es ist trotzdem wohltuend. Vielleicht fühlen sich einige erleichtert, die vor zwei Stunden noch nicht wußten, wie sie passende Worte finden können, und jetzt in heiterem Palaver ihre Not, sich recht verhalten zu müssen, vergessen haben. Noch ein Bier und noch ein Wein, auch Schnäpse werden rundum bestellt, manche häufen mehrfach gemischten Braten auf ihre Teller, vor allem der Kartoffelsalat gilt als unübertrefflich. Dieses Zusammensitzen gefiele Mutter, die bei solchen Gelegenheiten nicht selten als letzte nach Hause ging. Eine solche Geselligkeit hat sie sich öfter in ihrer hinteren Stube gewünscht, mit ihrem erwachsenen Kind und seinen Freunden um sich. Gerne säße sie mit freudig tränenden Augen in der Mitte all derer, die heute ihretwegen gekommen sind.

Als wir im Dunkeln durch die Gassen gehen, hat der Regen aufgehört, es reißen die Wolken auf, ein sternklarer Himmel weitet das Firmament, und frische, feuchte Nachtluft durchweht den erhitzten Kopf. Mit dem Freund, den Mutter im Krankenhaus mit der Geschichte von der Schlaflosigkeit, von den Morgenvögeln, von der erlösend einsetzenden, aber zu spät kommenden Müdigkeit bedachte, gehe ich noch in das andere Dorfwirtshaus.

Hier sitzt die bekannte Runde um den schweren Tisch, die felsigen Leiber mit ihren haarigen Pranken, Mann an Mann, ein jeder mit einem Steinbruch als Gesicht. Das Ineinander aus Gerede und Verstummen, aus Auffahren und Grummeln sitzt und trinkt, als habe es sich, ohne je aufgestanden zu sein, als ein Überbleibsel des alten Dorfes in die zerfaserte Jetztzeit hinübergerettet: Der Flaschner hat sich längst stumm getrunken, sein Nachbar redet wie eh und je wenig, der Volzenbauer, der tagaus, tagein seinen Traktor vor der Kneipe parkt, lallt noch immer wie früher, jener Frührentner, der vor zwanzig Jahren seine Beine unter ein Auto gebracht hat, keucht immer noch asthmatisch, und der Kettenraucher, der hinter dem Tresen lehnt, macht jenem Sprichwort alle Ehre, das besagt: Wer mehr hört, als er spricht, ist ein guter Wirt.

Obwohl ich von Kindheit an die Verwandten wegsterben sah, stellte sich nie das Gefühl ein, der Tod gehöre ganz selbstverständlich zum Leben. Die wiederkehrende Erfahrung eines allerletzten Verschwindens brachte keine Gewöhnung und Gelassenheit mit sich, sondern verstärkte den Schrecken des Alleinseinmüssens, der Verlorenheit in der Weite jenes Schlunds zwischen Himmel und Erde, in dem wir leben. Das bodenlose Gefühl, schutzlos der Vernichtung preisgegeben zu sein, ist mir seit jeher vertrauter als das taghelle, ins Machen und Schaffen vernarrte Bewältigungsbewußtsein. Zu keiner

Zeit konnte der Trubel der Arbeit und das belebende Geräusch geselliger Reden dieses am Grunde strömende Wissen vergessen machen. Jede Geschäftigkeit will mir, aus einem winzigen Abstand betrachtet, als elendiger Versuch vorkommen, diese Gewißheit herrisch und jovial zu übertönen.

Dabei existiert der Tod als solcher nur als abstrakter Gedanke, auch wenn ihn das Fernsehen und die Zeitungen in wiederkehrenden, sich ähnelnden Bildern als tagtägliches Geschehen präsentieren und medizinische Lehrbücher und philosophische Abhandlungen ihn in faßliche Begriffe bannen. In Wirklichkeit besitzt er nur Eigennamen. Wenn ich mir vor anderen, die den Tod ihrer Nächsten noch nicht erleben mußten, in der Pose des Abgehärteten heimlich gefalle, belüge ich mich, weil man sich an die Erfahrung des Todes durch Wiederholung nicht gewöhnt.

Sowohl die Schreckens- als auch die Sehnsuchtsbilder, die man sich von ihm macht, bleiben Gespenster, die in keinem Spiegel verbindliche Gestalt annehmen. Wie beim Betrachten des Nachthimmels läßt der Gedanke an den Tod ein schwindeliges Gefühl aufkommen, in dem Grauen und Glück ineinanderfließen. Der Blick hinauf zum Firmament offenbart die abgründige Gewißheit, im Unheimlichen zu Hause zu sein. In der Ausblendung dieses Wissens besteht die beflissene Bewältigung des alltäglichen Lebens.

In mildem Schatten schimmert das antike Bild von der Unterwelt, das den Toten die Ankunft in einem umbrafarbenen Idyll verspricht. Angst vor dem Drüben muß nur haben, wer an die Visionen jenes Evangelisten glaubt, der sich aus Haß gegen die Heiden auf Patmos einen zornbebenden Gott ersonnen hat.

Beim Anschauen von italienischen Landschaftsbildern holländischer Maler glaube ich wider besseres Wissen, während der Kindheit in solchen Welten gelebt zu haben, als hätten die Felder und Wiesen hinter unserem Dorf ausgesehen wie auf diesen Gemälden, obwohl unseren Augen nie der Anblick von Meeresbuchten und südländischen Himmeln vergönnt war. Anders als die Photos aus den Familienalben geben sie mir das Gefühl, ich sei dem zerstörerischen Lauf der Zeit enthoben und hätte an einer beruhigenden Gleichzeitigkeit der Jahrhunderte teil. Ich stelle mir vor, inmitten dieser Hirten, Wanderer und Wirtshausgesellen, inmitten dieser Berge und Täler längst gelebt zu haben, und sehe mich auf den gemalten Wegen zwischen den Ruinen und Hügeln auf und ab gehen. In den Gemälden aufgehoben, fühle ich mich nicht mehr allein.

Die Wirklichkeit kann gegen diese Entrückungen kein Recht einklagen. Als ich mit Holofernes meine Kindheitsphotos anschaute, konnte ich in dem, was sie festhielten, die seelischen Nachwehen aus der dörflichen Vergangenheit nicht aufspüren. Die gemalten Weltausschnitte der holländischen Meister kommen dem, was in der Erinnerung als Kindheit aufscheint, näher als die geknipsten Bilder.

Wenn ich die Flußwiesen, die Felder, den oberen und unteren Lauf des noch schmalen Stroms, die ehemaligen, längst zerfallenen Wochenendhütten um den Stausee und die von mächtigen Strommasten gegliederte Ebene sehe, erscheint mir diese Gegend noch öder als vor wenigen Jahren. Ich weiß nicht, ob mein Blick oder die Wirklichkeit sich gewandelt hat. Falls hier einmal Heimat war, muß diese Welt anders als die jetzige gewesen sein, ein anderes Flimmern und Leuchten geherrscht, ein anderer Duft die Häuser, Hügel und Wiesen umgeben haben.

Früher waren das Eigene und Fremde streng geschieden, jetzt ist alles offener geworden.

Beim Aufräumen entdecke ich Photos, die auf dem Speicher in einer zerdellten Keksdose verwahrt sind. Auf einem vergilbten Bild glaube ich Mutters Gesicht inmitten einer Kinderschar zu erkennen, ein Mädchen mit langen Zöpfen, einem schmunzelnden Mund und Augen, denen man die späteren Tränensäcke bereits anzusehen meint.

In den Augen der anderen war sie eine lebenstüchtige, schlagfertige, zum Feiern aufgelegte Frau, die von vielen bis zuletzt als Fräulein angeredet wurde, weil sie nie verheiratet war. Bei der Beerdigung folgte dem Sarg eine Prozession, wie man sie sonst nur an Fronleichnam oder beim Faschingsumzug sieht. Der Kirchenchor sang, und ein Blasquartett spielte. Man hätte meinen können, ein dörflicher Staatsakt finde statt, ein Würdenträger werde auf seinem letzten Weg begleitet. Vielleicht sind die Leute jenem gicksenden Mädchen hinterhergelaufen, das sie bis zuletzt blieb. Trotz ihrer ständigen Sorgen und der Geschichten, die sie durchstehen mußte. Wäre sie nicht meine Mutter gewesen, hätte ich sie mir vielleicht, von weitem besehen, als solche gewünscht.

Sie weinte bei allen nur erdenklichen Anlässen, auch wenn nichts Schlimmes vorgefallen war. Plötzlich flossen die Tränen, bei einem Händedruck, bei der Ankunft, beim Abschied, in der Freude, in der Trauer oder einfach wie nebenbei. Sie brauchte keine naheliegenden Gründe dafür. Es muß ein stetes Übermaß an Tränen in ihrem Inneren gegeben haben. Alle Anlässe, den Druck zu erleichtern, waren willkommen.

Mutter glaubte immer, daß ich sie belüge. Sie hat es mir nie direkt gesagt, doch wenn sie von dritter Seite erfuhr, daß ich tatsächlich wie angekündigt da und dort gewesen bin, weinte sie vor Freude, weil ihr wider Erwarten bestätigt wurde, nicht hintergangen worden zu sein. Die Tränen über diese schönen Enttäuschungen drückten ein ewiges Mißtrauen aus. Im Grunde setzte sie voraus, ich wolle sie wie ein treuloser Ehemann betrügen. Mutters Unwille darüber, daß aus dem Kind ein Erwachsener wurde, der sich entzieht, verstärkte diese Befürchtungen. Immerzu gierte sie danach, mehr von mir zu erfahren, und fürchtete, ich verstecke mich vor ihr, um sie irrezuführen und ihr Wesentliches zu verschweigen.

Häufig war sie in Gedanken woanders und erschrak, wenn man zur Tür hereinkam, gleichgültig ob es laut oder leise oder ganz selbstverständlich geschah. Wenn ich sie bei Selbstgesprächen überraschte, kicherte sie, als habe man ihre Schrullen und Geheimnisse entdeckt. Seit ich zurückdenken kann, redete sie mit abwesenden Gegenübern. Im Selbstgespräch staffierte sie die anderen mit Meinungen aus, die leicht zu widerlegen und ad absurdum zu führen waren. In ihrem Alleinsein war sie häufig von Leuten umgeben, an denen sie, wie vor Ort nie, ihren Unmut ausließ.

Auf der Fahrt zurück glitzern die Bäche in der Sonne, windstill stehen die Pappeln und Weiden, die Kirchtürme, Einsiedlerhöfe, die Rasengärten und Gemüsebeete schimmern in mildem Sommerlicht, und nicht erst auf den zweiten Blick verwandelt sich die Gegend in einen prächtigen Garten. Ich fahre zu jenem Waldrand, bei dem auf einer Bank der Alte mit den zwei schläfrigen Kötern saß. Er ist auch heute wieder da und wundert sich, daß ich immer noch im Land bin. Es ist mein Abschiedstag. Ich bin müde, aber nicht kraftlos, geschwächt, aber nicht bedrückt. Eine beruhigende Klarheit hat sich eingestellt, ein Zustand von gelassener Erschöpfung.

Während das Land aufblüht, werden die Dörfer nicht schöner. Bei unserem letzten Ausflug bemerkte Holofernes, die Leute könnten in dieser Gegend nur in die Arbeit oder ins Grübeln flüchten. Manche, die ihr Lebtag lang hier geblieben oder nach unentschiedenen Aufbrüchen auf Umwegen wieder hierher zurückgekehrt sind, wurden zu dichtenden Denkern, die hymnisch-wehmütig ihre Herkunft und das Ungebundene zugleich besungen haben. Einer erwies sich als Seher kommender Zeiten, in denen, wie er behauptete, die Götter wiederkehren, ein anderer phantasierte sich mit kühnen Märchen in orientalische Welten hinaus, ein dritter vermengte das bäuerische Geraunze mit heidnischen Gedanken, die aus der Antike herüberwehen. Ein leichter Sinn ist den Hiesigen nicht gegeben, weder denen, deren Reden sich in überlieferten Spruchweisheiten erschöpfen, noch denen, die einen ins Abgründige schweifenden Geist beschwören.

Auf dem Weg über die Dörfer kommt mir eine Militärkolonne entgegen. Früher wachten wir manchmal inmitten der Nacht von einem Häuserbeben auf, rannten zum Fenster und sahen im Schlafhemd den Panzern nach, die oft stundenlang durch die Straßen rollten. Tagsüber standen die Kinder und die Alten auf der Gasse, um den Soldaten zuzuwinken. Obwohl der Krieg kaum zwanzig Jahre vorbei war, freuten sie sich nach wie vor am Anblick von Uniformen. Wir Kinder wollten auch einmal Panzerfahrer werden.

Beim Vorbeifahren an Schrebergärten fällt mir ein, daß Mutter im Frühjahr abends die Beete wegen des drohenden Nachtfrosts abgedeckt und während des Sommers den Garten nicht mit kaltem Wasser aus der Leitung, sondern mit lauwarmem, abgestandenem, in einem Zuber gesammeltem gegossen hat. Um die Pflanzen habe ich mich nie gekümmert und nur beim Beerenpflücken und Bohnenbrocken geholfen.

Erstmals fallen mir die vielen Schafherden auf, die in diesem Landstrich weiden. Als wir zum ersten Mal mit dem Zug in die Schweiz zu Doktor Höchli fuhren, galten sie noch als seltene Augenfreuden. Mutter sagte damals beim Blick aus dem fahrenden Fenster: »Schafe zur Linken, das Glück wird dir winken.«

Spruchweisheiten gehören im Dorf zum Lebensbrevier. Man ruft mit ihnen ein gebahntes Denken an, das eine Ordnung bestätigt, die als ehern zu gelten hat. Oma sagte bei jeder passenden Gelegenheit: *Müßiggang ist aller Laster Anfang. Wer arbeitet, kommt auf keine dummen Gedanken. Wenn man zu lange in den Spiegel schaut, guckt der Teufel heraus. Man muß die Kirche im Dorf lassen. Mit großen Herren und wüsten Winden streitet man nicht.* Jede Sentenz klang wie ein kleines Glaubensbekenntnis. Nicht zu vergessen die Wetterregeln: *Abendrot bringt gut Wetter im Hof. Fällt das Laub zu bald, wird der Herbst nicht alt. Morgenregen ist wie Altweibertanz: er dauert nicht lang. Im Advent viel Nebel und Duft, um Jakobi viel Fuder und Frucht. Regen im Mai bringt Wohlstand und Heu.* Einmal sagte sie zu mir: »Das Feld hat Augen, der Wald hat Ohren.« Von da an wußte ich, daß sie nicht nur für das Praktische einen Sinn hatte.

Die Alten mußten ihre Gefühle für das sogenannte Schöne auf die Sonntage verlegen, weil man werktags für das Unnütze keine Zeit verschwenden durfte. Man horchte auf, wenn aus dem Haus des früheren Doktors, über dessen Garten hinweg, durch die dichten Hecken und Sträucher, wie aus einer anderen Welt Klavierklänge drangen. Sie paßten nicht zum Dreck und Geruch der

Bauernhöfe, zu Schweiß und Güllegestank, zum derben Gemaule der Leute, sondern kamen aus einer jenseitigen, feineren Welt, ohne sich mit der unseren wirklich zu verbinden. Wenn die Dörfler aufhorchten, drückte ihr Blick eine doppelsinnige Verwunderung aus. Sie gestanden einem Doktorenhaus solche Klänge zu, wunderten sich über die flinken Finger der Töchter und staunten ein wenig darüber, was es in der Welt alles gibt. Die Derberen spotteten darüber, weil ihnen die ätherischen Klangwogen wie Botschaften aus einer ungreifbaren, gezierten Welt vorkamen, mit der sie nichts zu tun haben wollten.

Unser Nachbar wehrte all das mit Gelächter ab, was ihm fremd war. Wenn er sagte: »Das kenne ich nicht«, gestand er nicht seine Unwissenheit ein, sondern verkündete den Unwert des ihm Unbekannten. Die Grenze, an der seine Ignoranz begann, galt ihm als Endpunkt alles Wissenswerten.

Das eigene Dorf bleibt der Mittelpunkt der Welt, ob man will oder nicht, auch wenn man es besser weiß. Dort übte man das Sehen und Begreifen ein, dort nahm alles seinen Ausgang, und an diesen Erfahrungen wird, ob absichtslos oder sogar unwillig, das später Hinzukommende gemessen. Mutter kämpfte darum, daß ich diesen einen, einzigen Welt-Kern bewahre. Ständig stritten wir, auch wenn es nicht ausdrücklich geschah, ums Da- und Wegsein, um Nähe und Ferne, um jene Orte, die Heimat oder Fremde bedeuten. Die Unruhe des Fahrens, des Dazwischenseins, der Schwebe gibt es nur deshalb, weil man ankommen will. Doch gleich nach jeder Ankunft, daheim, bei Oma im Pflegeheim, im Krankenhaus bei Mutter, mußte ich wieder verschwinden.

Mutter ärgerte sich immer darüber, daß ich zu Hause keine Hausschuhe anzog. Ich wollte mir das Gefühl bewahren, auf dem Sprung zu sein, und mich nicht wohlig in der hinteren Stube einrichten. Auch das konnte zum Streit führen.

Je genauer ich mich zu erinnern suche, desto undeutlicher geraten die Bilder, als gebäre der Zwang, sich im Vergangenen zu orientieren, einzig die Gewißheit, daß Klarheiten sich nicht einstellen wollen. Im Zurückblicken wird alles unfaßbar, und lediglich wenige Ereignisse stechen aus dem rahmenlosen Bild des gemeinsam verbrachten Lebens heraus. Nicht nur enthüllt sich kein Ganzes, manche Ereignisse, die kurz aufleuchten, verschwinden wieder und bleiben nicht abrufbar. Mutter hätte andere Geschichten zu erzählen gewußt und die meinigen anders gewertet.

Die Erinnerungsbilder fügen sich zu willkürlichen, sich unmerklich verändernden Mosaiken zusammen, die das Vergangene ebenso wie die Familienphotographien, mit denen man die Zeit anzuhalten versuchte, verfehlen. Vielleicht verdankt sich alles, was dem Gedächtnis als Gewesenes erscheint, einer nachträglichen Malerei, in der Erfahrung und Erfindung sich ungeschieden vermischen. Manchmal denke ich, im Belassen eines undurchsichtigen Nebels könnte eine größere Gerechtigkeit gegenüber der zurückliegenden Zeit liegen als in der Suche nach Erinnerungspartikeln, die zu beispielhaften Erlebnissen und Stellvertretern für das Ganze aufgebauscht werden. Alles Andenken beruht auf dem fragwürdigen Glauben, es sei einst tatsächlich so gewesen. Daß ich mich vor allem an unsere Streitigkeiten erinnere, ist Mutter gegenüber ungerecht. In vielem haben wir uns nahezu überhaupt nicht, in anderem akribisch genau wahrgenommen. Wir waren uns strenge Verfolger und Richter.

Keiner weiß, wie es sich im Leib eines anderen anfühlt,

ob er dieselben Gerüche und Klänge, dieselben Gefühle von Stärke und Schwäche, von Gier und Schmerz, von dumpfem Drücken und fiebrigem Glühen in sich wahrnimmt und ob seine Augen tatsächlich dasselbe sehen wie die eigenen.

Vielleicht war Mutters drängelnder Ungeduldston damals im Krankenhaus, als sie alles auf einmal erledigt wissen wollte, nicht gegen mich gerichtet, sondern als ein Zeichen gemeint, das sie sich selbst setzen wollte, um die eigene Ohnmacht der vorhergegangenen Tage zu überwinden und das Gefühl zu gewinnen, die Zustände wieder eigenmächtig mitzugestalten. Erinnerungen rufen Erlebnisse wach, die jeder anders wahrgenommen hat.

Als Mutter starb, empfand ich eine seltsame Gefaßtheit, ein Gefühl des Stimmigen, das ich sonst so oft vermisse. Während drinnen im Zimmer die Totenkerze brannte, schien der Morgen stillzustehen. Das wie von weitem nur angedeutete Vogelgezwitscher empfand ich als ein Gnadengeschenk der Natur. Es herrschte die Klarheit des Lichts und eines nie gekannten Friedens. Die Heulkrämpfe kamen erst später, beim nächtlichen Alleinsein.

Wieder bei mir zu Hause, greife ich aus dem Bücherregal ein paar Bildbände heraus, die Mutter mir schenkte. »Geburtstag. Von Mutter« oder »Weihnachten. Von Mutter«, heißt es da. Nach den Punkten klafft eine Leere. Die Widmungen sind kurz und bündig gehalten, als berge jede mögliche weitere Floskel eine Sentimentalität zuviel, die sie vermeiden wollte. Die Sprödigkeit zeigt, wie sehr sie sich darum bemühte, nicht aufdringlich zu erscheinen, als könnte jedes weitere Wort eines zuviel sein. Trotz der Vorwürfe und Verwünschungen, die ich von ihr zu hören bekam, versuchte sie sich zuweilen knechtisch zurückzunehmen. Eine gelöste Zunge, die sich selbst nicht zensiert, hätte vielleicht erlösend gewirkt. Doch wir lagen immer voreinander auf der Lauer. Seit langem fehlte es uns am guten Willen, weil wir viel zu viele Rechnungen offenstehen hatten.

Manchmal denke ich, wir hätten uns eine Müdigkeit gönnen, eine Kraft ruhen lassen sollen, die unsere Nerven aufschürfte. Doch wir mußten uns ständig gegeneinander behaupten. Wir sorgten dafür, daß die Kämpfe nicht aufhörten, als hätten wir befürchten müssen, uns sonst nichts zu sagen zu haben. Ein anderes Leben konnten wir uns kaum vorstellen. Das Gezeter galt uns vermutlich als einzige Gewißheit, aneinander gebunden zu sein.

Jetzt gibt es keine Erwartungen mehr an eine gelingende Zukunft, es fängt die Ordnungsarbeit an: das Kleben, Stükkeln, Vergleichen. Die Übergänge werden, wie bislang, leer bleiben, allenfalls von einer Musik getragen, die nicht in Worte zu bannen ist. Erwartungen gibt es nur noch im Blick zurück, sie sind an die Erinnerung verwiesen, die von nun an ohne Mutters Hilfe auskommen muß. Trauer und Trotz erdichten sich, was ihnen gemäß ist. Jener alte Mann, den ich zusammen mit Holofernes beim nächtlichen Friedhofsbesuch beobachtet hatte, konnte sich am Grab zwischen Bleiben und Weggehen nicht entscheiden. So ergeht es dem unruhigen Sinnieren, das gleichzeitig ins Offene und zurück zum Gewesenen strebt.

Als abends in meiner Wohnung, die ich lange nicht mehr gesehen habe, das Telefon klingelt, glaube ich insgeheim, es könnte Mutter sein. Der Verstand, der es besser weiß, verstummt für eine Weile, als seien seine Gesetze nicht immer gültig. Ich erwarte zwar Mutters Anruf nicht, halte ihn aber für möglich. Versuchsweise wähle ich ihre Nummer und höre im Innern das Klingeln in der hinteren Stube. Es ist nicht völlig ausgeschlossen, daß sie den Hörer abhebt. Vielleicht erwache ich gleich aus einem langen Traum, wische mir die Augen aus, richte mich im Bett auf und bin erlöst, weil ich in die alte Wirklichkeit zurückfalle. Sicherheitshalber melde ich Mutters Telefon noch nicht ab.

Wenn ich mir vorzustellen versuche, wie Mutter aussah, will sich kein festes Bild einstellen. Es ist bedenklich, daß ich ihr Gesicht nur ungenau im Gedächtnis nachzeichnen kann, obwohl es mir vom ersten Lebenstag an so bekannt wie kein anderes ist. Ihre bunte Strickjacke, das braune Brillengestell oder sonstwelche Gegenstände habe ich deutlicher vor Augen als ihre leibhaftige Gestalt. Ich kann mir ihren Mund, aber nicht gleichzeitig die Augen und Haare vorstellen. Wenn das eine an Kontur gewinnt, beginnt das andere zu verschwimmen. Es ist, als fiele Mutter nach ihrem Weggang auch in meinem Vorstellungsvermögen auseinander, um schließlich nicht einmal in der Erinnerung als Ganzheit gegenwärtig zu sein. Seit gestern liegt sie unter der Erde, und bereits entzieht sich ihr Bild. Ich kann mir ihr wehmütiges Lächeln, ihre von den Tränen geröteten Augen vorstellen und höre ihre Klagetöne, ihr Kichern, ihre laute Stimme nachklingen, sehe sie mit ihrem schnellen Gang vor mir, doch ihre ganze Gestalt will nicht mehr vor dem inneren Auge erscheinen. Zerstückelt, zerfetzt, als Einheit zerstört, bleibt sie mir im Gedächtnis nur in Bruchteilen erhalten, die sich zu keiner Vollständigkeit mehr runden. So schwebt sie tatsächlich ins Unfaßbare hinüber und verflüchtigt sich zu einem Wesen, das wie Licht und Woge und Welle nur noch in reiner Bewegung besteht. Die schwindligen, schwindelnden Erinnerungen wollen keinen verbindlichen Zusammenhang ergeben und reihen unvorhersehbar wie in Träumen Filmszenen aneinander.

Das von der Zeit zerfressene Wirkliche läßt sich nicht, läßt sich jeden Tag anders, läßt sich von jedem immerzu anders erzählen. Jeder Blick ist ungerecht, weil er, um sich zu orientieren, Unendliches aussparen muß. Das Gedächtnis weiß nicht, ob es das Gewesene bewahrt oder erschafft, ob es sich erinnert oder das Zurückliegende mit nachträglichen Vorstellungen übermalt.

Diesen Gedanken mögen solche folgen, die all das anders und anderes sehen.